徳間文庫

マザコン刑事と呪いの館

赤川次郎

徳間書店

目次

1　雨の中の少女

雨は、もう三日間、降りつづいていた。

よく、これだけ雲があるもんだわ、と香月弓江《かづきゆみえ》は思った。天気予報でも、明日の昼ごろまでは降るだろう、と言っている。

気の滅入《めい》ること……。

弓江は車のシートをできるだけ倒して、体を伸した。――もう何時間もこの格好でいるので、腰が痛くなって来る。

ダッシュボードの時計は、夜の十一時五十分を示している。

私が行けば良かったわ、やっぱり。――弓江は窓の外へ目をやった。どこまで買いに行ったのかしら。

見ていると、ちょうど街灯の明りで、駆けて来る大谷の姿が見えた。弓江は急いでドアを開けると、外へ出た。

「警部！――濡《ぬ》れるじゃありませんか！　どうして傘をささないんですか」

　と、車の中の傘を広げて、駆けて行くと、

「いや、すまん！」

　警視庁捜査一課きっての二枚目――いや、顔がいいというだけでなく、腕の方も確かなのだが――大谷努《おおたにつとむ》警部は、三つ揃《ぞろ》いのスーツをすっかり濡らして、息をついた。

「さ、早く乗って下さい。――びしょびしょですよ」

「うん……。好きで濡れたわけじゃないんだけどね」

　運転席に落ちつくと、大谷はハンカチで濡れた髪の毛を拭《ぬぐ》った。

「そりゃそうでしょうけど……」

「これ。――弁当だ。あったかい内に食べよう」

　と、ビニール袋を二人の間に置く。

「傘、どうしたんですか？」

「盗まれた」

「え？」

「この弁当を買って、金を払って、手にとろうと思ったら、ないんだ」

「まあ……」

「ひどい奴《やつ》がいるよな。勝手に持ってっちまうなんて」

と、大谷は首を振った。「まさか、捜査一課の警部の傘だとは思わなかっただろうけどね」

二人は顔を見合せ、そして笑い出した。

この二人のムードからも何となく察せられるように、大谷努と香月弓江は、上司と部下であると同時に恋人同士でもある。

しかし、二人が車の中で弁当を食べることになったのは、決して恋の語らいをしようと思ってのことではない。

「この車へお電話下されば良かったのに」

と、弓江が言った。「傘を持って迎えに行きましたわ」

「いや、それはだめだ」

大谷は、首を振って、「もし、二人ともこの車を離れてる間に、小山が現われたら……。そんなもんだよ」

「ええ、それはそうですけど……。風邪をひきますわ」

大谷は、ちょっと笑顔を見せて、

「心配してくれるんだね」

と、言った。

「もちろんですわ。――私の大切な人ですもの」

というわけで……一応勤務中ではあるが、ほんの数秒間だけ、二人は「休憩」をとって、そっと唇を重ねたのだった……。

「――警部」

と、弓江が言った。「また来ましたよ。見て下さい」

大谷が外へ目を向ける。

――指名手配犯、小山泰の愛人の家を見張ること、今日で三日。

大谷と弓江の車は、問題の家のすぐ裏手にある神社のわきに停《と》めてあった。

神社そのものは、小高い丘の上にあって、車の少し先から、長い石段がずっと上の神社まで続いている。

この三日間、雨の中で、弓江たちの張り込みは続いているのだが……。

「本当だ」

と、大谷が肯《うなず》く。「同じ子だな」

白い傘が、目印になって、すぐに分かる。――十六、七の少女が、毎夜、十二時になると、この神社の下へやって来るのだ。

そして――。

「今夜もですね」

と、弓江が言った。

「始めるらしいな」

――その少女は、ビニールのバッグをさげていて、木立ちの下に入ると、傘をたたみ、木へ立てかけた。そして、バッグの口を開けると――。

最初の晩は、唖然《あぜん》としたものだ。少女が服を脱ぎ出したからである。

セーターとスカートを脱ぐと、これまでと同様、下着の上に白い浴衣《ゆかた》のようなものをまとい、裸足で雨の中へと出て行く。

もちろん、たちまち、ずぶ濡れになってしまうのだが、少女は一向に気にしない様子で、両手をお祈りでもするように胸の前で組み合せると、長い石段を上り始めた。

「――驚いたな。三日目だ」

と、大谷が言った。

「よく風邪ひきませんね」

と、弓江が現実的な感想を述べる。

「あれで、石段を三十回も上り下りするんだからな。――凄《すご》い体力だ」

二、三回上れば、息が切れそうな高さなのだ。何を目的でやっているのかはともかく、当人が真剣そのものだということは、疑いない。
「——願かけかね。しかし、今どきの子が、そんなことするか?」

「さあ……。ともかく普通じゃないですね」

「しかし、我々の役目は、小山泰だ。ま、放っとくしかないね。——さ、弁当を食べようよ」

「ええ……」

と、弓江がお弁当をビニール袋から出して、ヒョイと窓の方へ目をやると——。

「キャッ!」

と、飛び上った。「あ——」

「ママ!」

と、大谷が目を丸くした。

大谷の母が、車の窓から中を覗《のぞ》き込んでいたのである。

「——ここだって聞いてね。ちゃんとお弁当を作って来たのよ」

と、大谷の母は、後ろの座席に座って、風呂敷《ふろしき》包みを開けた。

「ママ……。張り込みの最中なんだよ」

と大谷は困ったような顔で言った。

「だからって、そんなお弁当！　栄養のバランスだって偏《かたよ》ってるし、揚げものの油が良くありません！　こんなときだからこそ、ちゃんとした食事が大切なのよ」

大谷も、母にはとてもかないっこないのである。

何しろ髪こそ少し白くなっているが、元気一杯、一人っ子の「努ちゃん」のためなら、たとえ火の中、水の中、という母親である。

大谷の方も、何のかのと言いながら、「ママのお弁当」のおいしさには勝てない。おかげで弓江は、大谷の買って来た弁当を二つとも食べるはめになった。

「でも、こういうお仕事のやり方にも問題があるわね」

と、大谷の母が言った。

「ママ、いくら何でも、張り込みにレストランを引っ張って来るわけにはいかないんだよ」

「食べることだけ言ってるんじゃありません。この狭い車の中で、独身の男と女が二人きりでいるというのは、不自然です」

弓江はカチンと来たが、そこは慣れている。

「そのご心配はいりませんわ、お母様。警部は、公私を混同なさるような方ではありませんもの」

「それはもちろんです。努ちゃんは、優秀な警官ですからね。でも、女性の方が積極的に誘惑した場合には――」

「ママ……」

「弓江さんがそうだ、と言ってるんじゃないのよ。一般論として言っているの」

とはいえ、弓江に当てつけているのは明らかである。

「お母様。これは課長の指示によるものですから、もしご不満がおありでしたら、課長の方へおっしゃって下さい」

「あら、言ってもいいの？　努ちゃんと組めなくなったら、あなた寂しいでしょ？」

二人の間には、目に見えない火花が散った。

――危い危い。弓江も、そうそうカッカする方ではない。

これで、「寂しくなんかありません」と言えば、大谷の母の思う壺《つぼ》。「寂しい」と言えば、「仕事に私情を持ち込んで」と、課長に苦情を言いに行くだろう。

とりあえず弓江は、

「警部は、有能な部下として、私を評価して下さってるんですわ」

と、かわした。

「ママ。お茶をくれる？」

何とか話をそらそうと、大谷が口を挟んだ。

「はいはい」

ちゃんと魔法びんの用意がしてある。

「ありがとう。――やっぱりお茶が一番あったまるよ」

「努ちゃん！」

と、大谷の母が突然大声を出した。

何しろ狭い車の中である。その声は窓ガラスをびりつかせんばかりの迫力だった。

「ど、どうしたのさ、ママ？」

「どうしたの、そんなに濡れて！――まあ、服も濡れてるじゃないの」

「大丈夫。もうずいぶん乾いたよ。張り込みのときは仕方ないさ」

「着がえまで用意してないよ」

「風邪をひくわ」

「い、い、いえ」

「してあります」

大谷の母はバッグをかき回すと、「雨が降ってるからと思って、念のために持って来たの。良かったわ、本当に！　やっぱり、予感というものがあったのね」

大谷は、まるで魔法みたいに、母がバッグから、上衣、ズボン、靴下、ワイシャツ、ネクタイ、と取り出すのを、唖然として眺めていたが……。

「――ママ！　冗談じゃないよ」

と、真っ赤になって言ったのは、座席に、ランニングシャツとパンツが置かれたときだった。

「どうして？　新しい下着はさっぱりして気持いいでしょ。犯人を逮捕するための、エネルギーになりますよ」

「そんなもの――どこで着がえるのさ？」

「あら、ここでかえればいいでしょ。ママの前なら、恥ずかしいことないじゃない。あなたのオムツだってかえたんだから」

弓江は、

「私、外にいますから」

と、食べた弁当の箱をビニール袋に入れて、「ついでに、これも捨てて来ます」

「そうね、ゆっくり行って来て」

と、大谷の母はニッコリと笑って言った。

傘をさして雨の中へ出た弓江は、ともかく手近なくずかごへと、ごみを捨てに行った。

車の中でパンツまでかえるというのは珍しいことなので、どれくらい時間がかかるものやら、見当がつかない。

雨は相変わらず降り続いていて、秋とはいえ底冷えする寒さ。

弓江は木立ちの下に入って、息をついた。

そういえばあの少女が、傘や、脱いだ服を入れたバッグを、その木の下に置いて行っている。見れば、梢《こずえ》を伝って雨粒がポタッ、ポタッとバッグに落ちているので、少しバッグの位置をずらしてやった。

あの子、まだやってるのかしら？

石段の方へ目をやると、あの少女がちょうど下りて来るところだ。もちろん、浴衣は体に貼《は》りつき、顔も手足も真青になっていることがかなり離れていても（石段の下にはちょうど街灯が立っている）、分かる。

石段を下りた少女は、じっと両手を組み合せ、何か呟《つぶや》くように言うと、再び石段を上って行く。

時間を考えれば、もうそろそろ三十回、上り下りしているんじゃないだろうか。見るからに丈夫な子という風でもない。気力でもっているのだろう。

弓江は車の方へ目をやって、もう少し待ってから戻ろうと思った。きっと大谷の母が、「大事な努ちゃん」の髪でも、せっせとタオルで拭《ふ》いてやっているに違いない。

――時には弓江も、大谷を愛するのに疲れることがある。しかし、あの大谷の母を見ていると、却《かえ》ってファイトが湧《わ》いて来るのだ。その点では、大谷の母は、ありがたい存在である。

といって――いつまで、大谷の母との「冷戦」状態はつづくのだろうか……。

考え込んで立っていると、さっきの少女が石段を下りて来た。そして下に着いて、じっと目を閉じ、何かを唱えるように呟くと……。

弓江は目をみはった。少女が、力尽きたという様子で、雨の中へ崩れ落ちるように倒れたのである。

弓江は駆け寄って、少女の体を抱き起こした。――すっかり冷え切っている。

「救急車を呼ばなくちゃ」

と、弓江が口に出して言ったとき、少女が口を開いて、

「――許して」

と、うわごとのように言った。

「え?」

「許して……。建介さん……」

弓江は、ふと、少女の左手に目をやった。

てのひらに、たぶん油性のペンで書いたのだろう、〈建介〉という文字。

弓江は、少女の右手も広げてみた。そして、ギクリとした。右のてのひらには、ただ一文字、〈呪〉と記されていたのである。

2　見舞客

「やれやれ……」

大谷は、この十分間でもう四回も欠伸《あくび》をしていた。「――少し眠ろう。とてももたないよ」

「ゆっくりおやすみになるといいですわ」

と、弓江は言った。「張り込みもすんだんですから」

夜はとっくに明けて、そろそろお昼。

――手配中の小山泰が、大阪に現われたのを目撃されたので、とりあえず二人の張り込みは中止となって、小さなレストランでコーヒーを飲んでいるのである。

「君も疲れただろう」

と、大谷が言った。「あの女の子の入院騒ぎまであったしな」

「でも――何だったんでしょうね、あれ？」

「若い子が、却って迷信とかに弱いんだな」

「でも、今どき〈呪〉だなんて……。しかも三日間も、あの雨の中を」

——意識を失っていた少女を、救急車に乗せて入院させたのだが、後で気になって病院へ連絡してみると、ひどい熱で肺炎を起こしているが、体力はそう衰えていないので特別心配ない、という返事だった。

「お母様が待っておられますよ」

弓江に言われて、大谷、少々赤面した。

「いや、いつまでも困ったもんだよ、子供扱いでさ」

「親にとっては、子供はいつまでも子供ですもの」

弓江はそう言いながら、レストランの隅に置かれたTVへ、ふと目をやった。

〈建介〉という名が、目に飛び込んで来る。ちょっとドキッとした。

ゆうべの少女の手に書かれていたのと同じ名だ。

〈建介、急死！〉——TVの画面一杯に、大きな文字が躍っていた。

「アイドル歌手として、このところ人気が急上昇中だった、田崎建介さん、二一歳が、ゆうべ深夜に、六本木のディスコで突然倒れ、病院に運ばれましたが、間もなく死亡しました」

死亡？——弓江は目をみはった。

昼のワイドショーなので、かなりセンセーショナルなとり上げ方をしている。

「どうかしたかい？」

と、大谷が不思議そうに弓江を見た。

「あのTV……。見て下さい」

弓江は、じっとその番組に見入っていた。

レポーターの女性の、かなりオーバー、かつドラマチックに脚色した報告によると、アイドル歌手の田崎建介（弓江は名前も知らなかった）が、六本木のディスコで、ゆうべ二時ごろ、踊っていて突然苦しみ出し、倒れたということだ。すぐ病院へ運んだが、心臓の発作を起しており、手当のかいもなく死亡したという。

——午前二時ごろ。

「建介か。——確か、ゆうべの女の子が……」

「ええ。手に〈建介〉と書いてあったんです。字も全く同じです」

「なるほどね。でも——」

「午前二時ごろ、って。あの子が、雨の中で倒れたのが、そのころですよ」

大谷がちょっと心配そうに、

「おいおい、まさか――」

「もちろん、そんなこと考えていませんわ。今の世に呪いなんて」

「そうだよ。ただの偶然さ」

弓江は肯いた。もちろん、偶然だろう。

しかし気になったのは、あんな年齢の少女が、どうして「呪い」をかけることを考えたのか、という点である。

「じゃ、一旦《いったん》帰るよ」

大谷は欠伸をして、「君も休めよ」

「はい」

と、弓江は肯いた。

だが、車の中で仮眠をとっているので、弓江はそれほど眠くない。それに、気になっていることがあると、元気が出るという性格なのである。

TVを見ると、田崎建介のファンらしい女の子たちが泣いているのが大写しになっていて、弓江は目をそらしてしまった……。

「――娘は倉林良子といいます」

と、その母親は言った。

弓江は、その名前をメモして、

「良子さん、ですね。――お母様はいつ、ここへ?」

「ついさっきです。今朝起きたら姿が見えないので、びっくりして、あちこち捜し回っていたんです」

母親は青い顔をしていた。「そしたら病院から連絡が。――良子が意識をとり戻して、自分で名前と電話番号を言ったんです」

「そうですか」

弓江は、少女の母親を病院の中の喫茶室へ連れて来て、話をしていた。

「――うちは、私と良子の二人暮しで、私が働きに出ているものですから、夜、帰りが遅くて……」

倉林文代というのが、母親の名だった。

「良子さんが何をしていたか、ご存知ですか?」

と、弓江が訊《き》くと、倉林文代は戸惑った様子で、

「いえ……。本人はまだ熱が高くて、ウトウトしているんです。雨の中で何をしていたのか」

と、首を振る。

「実は――」

と、弓江が、倉林良子を救急車で運ぶまでのいきさつを説明すると、

「三日間もですか」

文代は目を丸くした。

「あの冷たい雨の中、三日間も、あの石段を上り下りしてたんですから、肺炎になっても当然ですわ」

と、弓江は言った。

「まあ……。でも、一体何のためにそんなことを」

文代は呆気《あっけ》にとられている。

「何か心当りはありませんか」

「さあ……。もうあの子も一七ですし、プライベートなことには、口を出さないようにしていましたから」

「良子さんが、占いとか、そんなものに凝《こ》っていた、ということはありませんか」

「占い……ですか」

「そういう雑誌とか本を見たことは？」

「さあ……。ご飯のときに、『何座の生れ』とか、相性がどうとか、話をするぐらいのことはありますけど」

弓江は肯いて、

「良子さんは、田崎建介のファンでしたか？」

と、訊いた。

倉林文代の顔に、ちょっと苦々しい表情が浮んだ。

「――何かあったんですか」

と、弓江は、できるだけさりげなく訊いた。

「ええ……。確かに大ファンでした。それも、今のように人気の出る前からです」

どうやら文代は、田崎建介が死んだことを知らないらしい。

文代は、少し考えてから言った。

「たぶん――一年前くらいでしたか、田崎建介の車が、うちの近くでエンストを起こしてしまったんです。夜中でタクシーも捕まらず、困っていました。そこへ私が自分の車を運転して帰って来たんです。田崎建介とマネージャーに頭を下げられて、ともかく間に合わないと番組からおろされる、と言うんです。良子も出て来て話を聞いてたんですが、『送ってあげなよ』と言うので……。私が車でTV局へ送って、何とか間に合いました」

「そのときは、後からマネージャーと本人が、お菓子を持ってお礼を言いに来て、とても感じのいい青年だと思いました。良子も友だちに宣伝してレコードを買ってもらったりしてあげました。ところが――」

見当はついた。

「人気が出ると、ガラッと変わった。――そういうことですね」

「はい。――もうTVでもあの人の顔が出て来ると不愉快で。チャンネルを変えてしまいます。でも、どうして田崎建介のことを？」

母親の方は不愉快ですんだとして、娘の方はどうだったか。娘の気持は単なるファンの域を越えていたかもしれない……。

とりあえず、弓江は良子の左手に書かれていた〈建介〉の文字、そして気を失うとき、良子が、

「許して……建介さん」

と、口走ったことは、黙っておくことにした。

「いえ――特に関係があるってわけじゃないんです。ただ、さっきTVで田崎建介の

ことをやっていて。ちょうど、良子さんぐらいの年齢の子がファンだろうと思ったものですから」

と、かなり無理のある説明をした。

「田崎建介がどうかしましたの？」

「ゆうべ死んだそうです。心臓発作で」

――少し間があって、

「あら。――そうでしたか」

と、倉林文代は大してショックでもない様子。「どうせ不健康な生活をしてたんでしょう」

「そうでしょうね。六本木のディスコで、深夜に倒れたそうですから」

「あの人にはぴったりですね」

と、ちっとも同情している様子ではない。「――あの、刑事さんでいらっしゃるんですね？　娘のことで何か……」

「あ、いえ、そういうわけじゃないんです」

と、弓江は微笑《ほほえ》んで、「ただ張り込み中に偶然、良子さんを見付けたもんですから。一体何をなさってたのかな、と知りたくなって」

「そうですか。でも、ああして運んでいただかないで、朝まであそこに倒れてたら、死んでいたかもしれない、とお医者様に言われました。本当にありがとうございました」

文代が改まって頭を下げ、弓江は少々照れた。

廊下を戻りながら、

「もし、良子さんの目が覚めていたら、ちょっとお話ししてもいいですか」

と、弓江は言った。

「ええ、どうぞ。さっきは半分眠ってるみたいな状態でしたが」

病室のドアを静かに開けると、倉林文代は面食らったように、

「どなたですか？」

と、言った。

二人部屋の一方のベッドに倉林良子は寝ていたが、そのわきに、上背のある大柄な男が、ドアの方へ背を向けて立っていたのである。

文代の声に、その男はゆっくりと振り向いた。――弓江は一目見て、何とも奇妙な印象を受けた。

外国人だろうか。髪も目も黒いが、彫りの深い、浅黒い顔。濃い眉《まゆ》の下から、黒く、

濡れたように光る眼が、弓江たちを見ている。

黒の上下に蝶《ちょう》ネクタイという、見舞客にしては妙な格好だった。——弓江は、奇術師とか魔術師を連想していた。

「倉林さんのお母様ですな」

と、その男は言った。

「どなた様ですか」

と、倉林文代は言った。

「お嬢さんの友人です」

と、その男は言った。「ご様子をうかがいに。——大分良くなっておられる。安心しました」

「はあ……」

「では、失礼」

と、いんぎんに会釈をして、その男は弓江たちのわきをスッと通り抜けて行った。

弓江は、ふと、奇妙な匂《にお》いをかいだ。——香の匂いか何かのようだ。

「——お母さん」

と、声がした。

「良子！」

文代がベッドへ駆け寄る。「どう、具合は？」

「うん……。楽になった」

確かに、良子の顔は大分赤みがさして、目にも力が戻っていた。

弓江は少しためらったが、病室を出ると、今出て行った男を捜した。

ずっと先の廊下を歩いて行く後ろ姿が見える。――何て足の早い男！

「――失礼ですが」

やっと追いついて、弓江は声をかけた。

「何か私に？」

と、その男は、さっきと同様、いささか芝居がかった口調で言った。

弓江は身分をあかして、

「失礼ですが、お名前をお聞かせ願えますか」

と、言った。

「これはこれは……。刑事さんですか」

男はポケットから名刺をとり出した。「私はこういう者です」

名刺には〈幸せの館・当主　サキ・巌《いわお》〉とあった。

「〈幸せの館〉?」

「ええ。当節はやりの、占いや白魔術を扱う場所でしてね」

サキ・巌。――もちろん本名ではあるまい。

「倉林良子さんは、あなたの所のお客なんですか」

「そういうことです」

と、その男は肯いて、「しかし、これは一種の〈悩みごと相談〉ですから。相談内容については、刑事さんといえども、申し上げるわけにはいきません」

「分かりました」

無理にでも訊き出すだけの権限は、持っていない。

「決して、いかがわしい場所ではありませんよ」

と、サキという男は言った。「ご興味がおありでしたら、ぜひ一度おいで下さい」

「どうも」

と、弓江は言った。「一つ、うかがってもいいですか?」

「どういうことでしょう?」

「なぜ、倉林良子さんがここに入院していることが分かったんです?」

サキは、ちょっといたずらっぽく笑うと、

「そこが、私の占い師たるところでしてね。——と、言いたいところですが、実際は病院からご連絡をいただいたのです」

「病院から？」

「良子さんのバッグに、私のその名刺が入っていたものですからね」

サキ・巌は、そう言って会釈すると、「では、香月さん、またお目にかかりましょう」

——弓江は、その男の後ろ姿が、廊下の端にたちまち見えなくなってしまうのを見送って、倉林良子の病室へ戻って行った。

「——あら、もう起きられるの？」

弓江は、良子がベッドに起き上がっているのを見て、びっくりした。

「熱がすっかり下がってるんです」

と、母親の文代が目を丸くしている。「あんなにひどい熱だったのに」

「あの方が、手を触れてくれたのよ」

と、良子が言った。「それで一気に熱が下がったんだわ」

「あの方って——今の人？　サキ、とかいう……」

「ええ、不思議な力を持った人なんです。私のことを、何でも良く分かって下さって」

「良子……」

「お母さん。心配しないで。別に新興宗教に入ったりとか、そんなことじゃないの。ただ、占ってもらっただけなのよ、あの方に」

「良子さん」

と、弓江は言った。「田崎建介が死んだことを、知ってる？」

良子は、眉一つ動かさずに言った。

「ええ、知ってるわ。――ずっと前から、知ってたわ」

3　ネクタイ

「失礼」

と、弓江は声をかけた。「永井ルミさんね？」

「ええ……」

髪を何ともいえない奇妙な色に染めたその女の子は、ボーッとした顔で、「誰？　私のファン？」

残念ながら、弓江は、永井ルミという子がタレントだということすら知らなかった。

今はＴＶ局の社員用食堂にポツンと座っているから、まあそれらしい仕事をしているのだろうと察しがつくが、そうでもなければ、ただの「風変わりな女」としか見えないだろう。

弓江が聞いたところでは一九歳のはずだが、濃い化粧と、おそらくは不健康な生活で、肌はひどく荒れている。それとも、「一九歳」という年齢が、さばをよんでいるのかもしれない。

「田崎建介さんのことでね、ちょっと訊きたいの」

弓江は椅子《いす》を一つ引いて来て、永井ルミの隣に座った。

「ああ……。建介のこと？　写真とる？」

「あなたの？　いいえ、必要ないと思うわ」

「そう……。もしとるんだったら、目薬さすから。涙で潤んでた、ってことにしてね、記事では」

弓江は、ふき出しそうになったが、

「私ね、警察の者なの」

永井ルミは、なぜかギョッとした様子だった。

「私……私、何も知らないわよ」

あわてて目をそらしている。——弓江にはピンと来た。マリファナかコカインか、何かやっている。それを訊かれるのかと思って、びくついているのだ。

そのことはとりあえず別にしておくことにして、

「今、田崎建介さんの死因について、調べてるの。あなた、建介と付合ってたんでしょ」

「まあ……そうね、一応」

少しもったいをつけるところが、おかしい。「ね、でも記事じゃ、〈恋人N〉になっちゃうの？」

「知らないわね。刑事は報告書は書いても、記事は書かないの」

「あらそう」

相当にとぼけた女だ。

「田崎建介が心臓の発作を起こしたことは、前にもあった？」

「いいえ。でもそう丈夫じゃなかったみたい。すぐ息が切れるの。短距離決戦型なのよね」

「走者だったの？」

「いやね。違うわよ」

と、ルミは笑って、「ベッドの中での話。分かるでしょ？」

弓江は咳払《せきばら》いした。

「倒れる前、具合が悪いとか、気分が悪いとか言ってた？」

「特別に何も。――結構飲んでたからね。少し無理してたのかも」

「そう……。倉林良子って女の子、知ってる？」

永井ルミは、ちょっと考え込んだ。

「考えんのって苦手なのよね。すぐ疲れちゃうの」

何となく弓江にもよく分かる。

「良子かあ……。そうね。倉——何とかっていうのかどうか知らないけど、良子って名前は聞いたことある」

「田崎建介から聞いたの？」

「うん。——そう。つきまとわれて、困ってんだ、とか言ってた。もてる男の悩みだ、とか言っちゃってさ。何でも、一度抱いてやったら、すっかり舞い上がっちゃって、何のかのと言って来るんだって。かなわねえよ、とか笑ってた」

一度抱いてやった……。もしそれがあの良子のことなら——。

良子は、田崎建介に「遊ばれた」のだ。良子が田崎を憎むのはよく分かる。

「——ねえ、どうして刑事さんが、そんなこと調べてんの？」

と、永井ルミが訊いた。

「うん、ちょっとね」

と、弓江は軽くいなして、「田崎建介に、最近変わったことはなかった？」

「そうねえ……。少しケチになったことかな。誰でもね、スターになりゃ、ケチになんのよ。本当よ」

「そう」

「ネクタイ一本で大騒ぎしてさ。ま、確かに大切にしてたのは事実。でも、証拠もないのに、私がとったんじゃないか、とか言われて、頭に来ちゃった。ワアワア泣いてやったら向うが困って、フランス料理、おごってくれた」

フフ、とルミは笑って、「私、ワーッて泣くの、得意なの。やって見せる?」

「結構」

と、弓江はあわてて言った。「そのネクタイって何のこと?」

「十日ぐらい前かな。楽屋に置いといたのを盗まれたって、大騒ぎ」

「高いの?」

「値段もだけど、何とかいうスター——向うのね、その人のサインが入ってんの。無理言って書いてもらったらしいけど、やたら自慢して歩いてた。柄は悪趣味だったけどね。本人は凄く気に入ってたの」

「そのネクタイは結局、見付からなかったのね」

「うん。見付かったら、私、もらっていいかなあ」

「さあね。どうして?」

「私、あの人の恋人だったのよ。それなのに、何もくれない。TVのレポーターが何人か来ただけ。あ、それと刑事さんが一人」

と、ルミは肩をすくめた。「でも、建介の追悼番組でね、ここんとこ忙しいの。せっせと、プロデューサーに顔を売っとかなくちゃね」

何だか、恋人が死んだことを喜んでるみたいだ。——そういうせちがらい世界かもしれないが、やはり弓江にはやり切れない思いがした。

「どうもありがとう」

と、弓江は立ち上って、「コーヒー代だけはもたせていただくわ」

「ありがと。——刑事さんでも、こんなに可愛い人がいるのね。ねえ、プロポーションも悪くなさそうだし、深夜番組で脱がない？　現職刑事のヌード、なんて受けると思うけどな」

「ご遠慮するわ」

これ以上いると、何をやらされるか分からないので、弓江は早々に失礼することにしたのだった……。

「何ですって？」

と、弓江の話に、大谷の母親が眉をひそめた。「呪い？」

「ママ、もうお腹一杯だよ」

と、大谷がお腹をさすって、「これぐらいにしとかないと、事件が起ったとき、駆けつけられない」

大谷母子の家である。――大谷は昼すぎまでぐっすり眠って、至って元気そうだ。

「そう？　じゃ、ちゃんと夕ご飯も食べるのよ。帰って食べる？」

「分からないよ。小山泰の行方を追わなきゃいけないんだからね」

と、大谷は言った。「大阪に現われたといっても、いつ戻って来るかもしれない。

――香月君、君、全然寝てないのか」

「弓江さんは、『呪い』の研究で、忙しかったのね」

と、大谷の母は皮肉って、「科学的な警察には向かないんじゃないかしら？　何なら、占いで犯人を当てるとか、新商売を始めたら？〈桜田門の母〉とかいって」

「〈桜田門の母〉といったら、お母様の他にはおられませんわ」

「それはどういう意味？」

と、大谷の母がカチンと来た様子で言った。

「ママ、別に香月君は――」

「努ちゃんは黙ってなさい。今は私と弓江さんがお話ししてるんです」

「私、別に……」

「私が努ちゃんに少し構いすぎると思ってるんでしょ？　確かにね、世間の母親に比べると、私はいくらか努ちゃんの世話を焼きすぎてるかもしれないわ。でもね」

と、大谷の母は弓江の方へ身をのり出して、「普通の息子は、それだけの値打がないの。その点、努ちゃんは特別よ。そう思うでしょ？」

「ええ、もちろん思います。警部はすばらしい方ですわ」

「じゃ、あなたは、努ちゃんが手柄を立てるために、身を捧《ささ》げればいいの。もし、代わりに死んだら、お葬式は出してあげます」

「ママ！」

と、大谷は母をにらんだ。「——しかし、香月君、君、本気でその……何だっけ？」

「サキ・巌ですか」

「そう。そのサキって奴が、田崎建介に呪いをかけて殺したと信じてるわけじゃないだろうね」

「もちろん、そんなこと、考えてません」

と、弓江は言って、お茶を一口飲んだ。「——ただ、あの倉林良子が、たぶんそう信じてる、ってことが心配なんです」

「しかし、占いをやるのが違法ってわけじゃないしね」

「ええ……。でも、気になることがあったんです。田崎建介が大切にしていたネクタイを、誰かが盗んだってことです」

「それがどうかしたのかい？」

「普通、誰かに呪いをかけるときは、その相手が身につけているものとか、大事にしている物を、とって来るんです」

「まあ、弓江さん」

と、大谷の母が言った。「あなた、私が大切にしてたティッシュペーパー、盗んだ？　今日見たら、なくなってたのよ」

「そんなもの盗んでどうするんだよ」

と、大谷がため息をついた。「僕が鼻をかんだら、なくなったのさ」

「努ちゃん！　風邪ひいたの？　入院する？」

「ママ……」

弓江はとりあえず母と子の対話に割って入った。

「警部。——もちろん、田崎建介が心臓発作で死んだのは偶然だと思います。でも、何となく、あのサキという男のことが気になるんです。少し調べてみたいんですけど」

「そりゃまあ、構わないけど……。ただの占い師じゃない、っていうのかい？」

「分かりません。ただ……」

弓江はバッグを開けて、「ここへ来る前、倉林良子が通っていた神社へ行ってみたんです。あの石段を上って、神社の境内を歩いてみました。木立ちに囲まれてるんですけど、その一本の、人目につかない裏側に、これが――」

弓江が、テーブルに置いたのは、ネクタイだった。

「裂かれてるじゃないか」

ネクタイは、縦に刃物で切り裂かれていた。――雨に打たれて、色あせ、汚れているが、誰かのサインらしいものが書かれていたことは分かる。

「これが木の幹に、釘《くぎ》で打ちつけてあったんです」

と、弓江は言った。

「気味が悪いね」

と、大谷は肯いて、「確かに、そのサキとかいう奴が、単なる占い師じゃないとしたら問題だ。じゃ、当ってみてくれ」

「はい」

弓江は微笑んだ。「警部ならきっと分かって下さると思っていましたわ」

大谷の母は、そのネクタイを手に取って眺めていたが、

「弓江さん」

と、ネクタイを返しながら言った。「あなたのネッカチーフ、貸してくれない？」

4　もらったチラシ

逃げ出したかった。

本当は。——そうなのだ。どうせ、どうなるか、分かり切っているのだから。

でも……そう思っていても、もしかしたら、と思うのが——ほんの一筋の、クモの糸のような希望にでもすがりつくのが、恋している人間ってものだろう。

どうせなら、人目につかない所で待っていたかった。——江藤倶子《ともこ》は、少なくとも五、六人の女性たちの目にさらされている。しかも、その内の何人かは、倶子のことを知っているのだ。

ロビーは、ただ広いだけで、身を隠す場所とてなかった。

パーティはたけなわで、会場の扉が開けたままなので、時折、中での誰かの挨拶《あいさつ》が、スピーカーを通して、怪物みたいな声になって聞こえて来る。

中がどんな様子か、倶子はよく知っている。つい一年前まで、倶子も、あの受付に立っていたのだから。

パーティが始まる前には、中を見て回って、すべてが注文通りになっているかどうか、チェックした。倶子は若いけれども、性格的にも几帳面《きちょうめん》で、そういう仕事に向いていたのだ。

パーティの翌日、倶子は社長や部長からよく誉《ほ》められた。

「いや、料理も飲物も、とても良かった」

実際にやってみないと、パーティの裏方の大変さは、分からないものだ。――今夜のパーティは、うまく行ってるのかしら？

料理がなくなったり、飲物が切れたりしていないだろうか。お年寄のための椅子は、いくつ用意してあるだろう……。

ホテル側の人と、ちゃんと事前に詰めてあるかしら。

もう、どうでもいいことだ。自分には何の関係もない。――倶子は、ちょっと笑った。いくら心配したところで、お給料が出るわけじゃないんだわ。

パーティ会場の方へ背を向けて立っていた倶子は、背後に足音を聞いて、一瞬、胸をときめかせた。

出て来てくれた！　やっと。

でも――振り向いた瞬間に、倶子の顔は、体は、凍りついた。
そこに来たのは、彼ではなかった。秘書の武田だ。
二七、八の、エリート意識をむき出しにした男である。
「やあ、江藤さん」

と、武田は、なれなれしい笑顔を見せた。「久しぶりだ。元気ですか」

あんたなんかに、用はないのよ！　心の中で倶子は叫んだ。

「ありがとう。――まあまあよ」

と、倶子は言った。「山仲部長に呼ばれて来たの」

「分かってます」

武田は肯いて、「ちょっとお話が――」

と、倶子の肩を抱いて、パーティ会場から離れる方向へと歩き出した。

「武田さん――」

「ねえ、江藤さん。お互い、よく分かってるんだ。そうでしょ？　山仲部長とあなたのことは僕も知ってる。しかし、男女の間なんて、永久に続くもんじゃありませんよ」

「手をはなして！」

と、倶子は足を止めて、「大声出すわよ、はなさないと」

「分かりました。厄介ごとを起こさないと約束してくれるなら、はなしますよ」

「何ですって？」

倶子は武田の手を振り払って、正面切って見つめると、「厄介ごと？　私がその気なら、直接あのパーティへのり込んでるわ」

「分かってます。しかし、部長もね、気にしてはおられるんですよ」

「いいこと」

と、倶子は怒りを何とか抑えた。「私はね、押しかけて来たわけじゃない。彼の方から、ここへ来いと連絡して来たので、やって来たのよ」

「あなたが会社へ、何度も電話して来たからでしょう」

「じゃ、お宅へかけた方が良かったの？　奥さんに伝言でも頼んで？　こちらはご主人の愛人でございます、って」

「ともかくですね、今、山仲部長はパーティを脱け出すわけにはいかないんです。しかし、あなたのことは気にしておられる。それで、僕に行って来てくれ、とおっしゃったわけです」

「ありがたき幸せね」

「これを渡してくれ、とのことでした」

と、武田が、上着のポケットから封筒を出す。

「手紙?」

「中は見ていません」

どうかしら。怪しいもんね。——武田がこっそり中を覗いたことに、倶子は百万円賭《か》けてもいい、と思った。

「それで?」

封筒を手にとって、倶子は言った。「他に何か?」

「ご伝言です。『残念だが、時間がとれなくなった。これを受け取って、以後は二度と連絡して来ないでくれ』と」

では、と口の中で呟くように言って、武田は足早にパーティへと戻って行く。

受付の所で、女の子たちと話しているのは、大方、倶子の噂話《うわさばなし》だろう。新人で、倶子のことを知らない女子社員に教えてやっているのかもしれない。

倶子は、ゆっくりと歩き出した。——ホテルの玄関までは、長い廊下を通って行かなくてはならない。

封を切ってみる。——別れの手紙か。

男らしくないこと。どうせなら、面と向かって言ってほしかった。それを、あんな武田みたいな男に……。

足が止まった。倶子は、呆然《ぼうぜん》として、封筒から出て来たものを見つめた。無意識の内に、封筒に何か残っていないか、探っている。

しかし、もう封筒は空《から》だった。

倶子は、自分の手にした小切手を見つめた。

金額、二百万円。――これだけが、山仲の〈別れの言葉〉なのか。

それは、倶子の心までも凍りつかせた。

小切手を裂いた。――細かく裂くことはやめた。小切手だということが分かるように、四つに裂いただけで、そのままロビーの床へ落とす。

パーティ帰りの客が、目に止めて不思議がるだろう。山仲も気付くかもしれない。

倶子は、ほとんど自分でも分からないままに、歩き出していた。――冷たい炎が、倶子の奥底で燃えていた。

どうやって、その駅まで辿《たど》り着いたのか。

「大したもんね、人間って」

と、倶子は呟いた。

いつの間にか、いつも通りの電車に乗り、いつもの駅に降りている。ただ、ずいぶん時間がたっていた。たぶん、夜の町を、あてもなく歩いていたのだろう。

夜、十時過ぎ。——アパートまで、バスはもうない。

夜道を二十分歩くのかと思うと、うんざりしたが、それもいいかもしれない。山仲を憎むのに、少しでも、余計な時間がほしかった……。

倶子は山仲忠志の下で働いていた。——山仲は、若くして部長のポストについたエリートで、女子大を出て、会社へ入ったばかりの倶子にとって、正に「恋の対象」にぴったりだった。

親の仕送りでなく、自分の稼いだお金で生活している、という気持も、倶子を自由にさせた。

山仲と関係ができるのに、時間はかからなかった。しかし——倶子が妊娠。

同僚に気付かれ、会社にはいられなくなる。会社を辞め、何か月か、山仲に「囲われる」暮しがあった。しかし妻子ある山仲と、結婚は望めない。

悩み、苦しんで、そのストレスが流産へとつながった。——山仲は明らかにホッとしていた。

考えてみれば――と、ホームからの階段を下り、改札口を通り抜けながら、倶子は思った――あの時点で、もう山仲は倶子から逃げ出そうとしていたのだ。

それに気付かなかった自分、あるいは気付かないふりをしていた自分。

倶子は、はっきり山仲が「別れてくれ」と言えば、黙って消えていただろう。それを――お金で！

口止め料？　人を何だと思っているんだろう？

激しい怒りが、倶子の体を震わせた。

ふっと我に返ると――駅前で、誰かがチラシを配っている。差し出された紙を、反射的に受け取っていた。

「どうぞ」

夜道を歩きながら、そのチラシは風にあおられて、ヒラヒラとはためいた。捨てようにも、道の途中に屑《くず》かごはない。

街灯の明りに、ちょっとかざして見ると、〈幸せの館〉という大きな文字。

「タイミングが悪いわね」

と、倶子は笑った。「一番不幸せな人間にさ」

〈星占い。星座。恋人との相性。その他、青春の悩み、何でもご相談に応じます〉

悩み。――恋の悩みが、占いぐらいで解決するのなら……。

倶子は、チラシを手の中で握り潰《つぶ》した。だが――。

チラシの裏面の文字がチラッと目に入った。

――何だろう？　〈呪〉という字が見えたようだったが。

足を止め、チラシを広げて、裏返してみた倶子は目を疑った。――〈呪いの館〉という文字が、目に飛び込んで来たのだ。

〈呪いの館。――あなたの憎む人、殺してやりたいと思う相手。自分をひどい目にあわせた人間を、自分で手を下すことなく死に至らしめることができます……〉

まさか！　どうしてこんなチラシが？

倶子は駅の方を振り返った。まだ駅は見えている。しかし、そこには、チラシを配っている男の姿はなかった。

倶子は、それをもう一度読み返した。

〈自分で手を下すことなく、死に至らしめる……〉

「馬鹿ね！」

と、口に出して呟《つぶや》く。「こんなの、遊びよ。五寸釘でも、ワラ人形に打ち込むの？

子供騙《だま》しだわ」

だが——倶子は、そのチラシを捨てなかった。しわを伸ばし、小さくたたんで、バッグへ入れる。

別に、どうってことじゃないのよ。そう、道に紙くずを捨てちゃいけない。だから持って帰って、部屋の屑かごへ捨てるのよ。それだけのことよ。

倶子は、夜道を歩いて行った。

もう、夜風は冷たい。それは倶子をせかせるように、背中の方から吹きつけて来た。

「——ねえ、見て」

と、彼女の方が言った。

「何だよ」

と、ふてくされている彼が仏頂面で、「何もないじゃないか」

——「彼と彼女」あるいは「彼女と彼」の名前はどうでもいい。要するに二人は、単なる目撃者にすぎない。

今夜、二人はホテルに泊ることになっていた。

三か月前からの約束で、彼の方はせっせとバイトをし、今夜のために金を作った。

そして食事をし、ディスコで遊んで、そして彼女の方が、

「やっぱし、やだわ」

ということになってしまったのである。

彼がむくれているのにも、まあ同情すべき点はあったわけだ。

「ねえ、見てよ」

と、彼女は足を止めて、彼の腕をつついた。

「何だよ」

「ほら、あそこ」

彼は、プーッとふくれたふぐみたいな顔のまま、彼女の指さす方を目で追った。

「あれ……。何してんだ?」

工事中のビルだった。照明が下から、鉄骨の組み上った、ガイコツみたいな姿を照らしている。

その、ずっと高い所——たぶん、十階近くだろう。男が一人、立っていたのだ。

それも、ただ立っていたのではない。空中へ張り出した、細い板の上に立っている。

ちょうど、高飛び込みの台みたいである。

ただ、下にプールはない。

「あの男の人――背広着てる？」

目が悪いのに、メガネをかけない彼女が訊く。

「ああ……。工事してんじゃないみたい――」

彼の言葉は途切れた。

その男が、板の先の方――つまり空中へ突き出ている方向へと、スタスタ歩き出したのである。何メートルもない。数歩で端にまで達すると、男は、まるで空中に見えない板が渡してあるとでもいうように、足を踏み出し――地球の重力に引かれるままに、落下した。

一瞬の後、ドカン、と音がしたが、幸い落ちた所は、トタンの板塀で囲われているので、二人は見ずにすんだ。

「でも――あの人、落ちた」

と、彼女が、自分の目を信じ切れない様子で言った。

「うん。――落ちた」

「死んだかな」

「だろ」

十階ぐらいの高さである。どう考えても生きているわけがない。

「どうする？」

と、彼女が言った。

「どう……しようか」

彼の方は、途方にくれている。決断したのは彼女の方だった。

「警察に連絡しよ。ね？　市民の義務よ」

「市民の義務か……」

彼女のこのひと言に、彼は感動してしまった。

やっぱり、彼女って魅力的だ！

かなり単純なボーイフレンドなのであった……。

5　穏やかな自殺

「墜死か」

　と、大谷は言った。「事故かな」

「それが、妙なんです」

　と弓江が言った。

「というと？」

「目撃していたアベックがいたんです。ちょうど通りかかって、上を見たら、この人が板の上に――」

「どこの上だって？」

「あの張り出してる板です。工事用の足場ですね」

「どの高さ辺りだい？」

「ちょうど十階です。上ってみたら、靴のあとがついていました」

「じゃ、ひとたまりもない。誰かに突き落とされたとかじゃないんだろ?」

「ええ。周囲に人影は見えなかったそうです」

——朝になっていた。

朝一番、大谷はこの現場へ行け、という指令をもらって来ているのである。

「すると自殺ってことだな」

と、大谷は肯いて、「我々の出る幕じゃなさそうだよ」

「でも、警部……」

「何だい?」

「いえ。——別に」

弓江は、証言してくれた女の子の話に、どこかひっかかるものを感じていた。

「スタスタ歩いてって、まるで何もないことに気付かないみたいでした。全然ためらいもしないで」

そんな自殺もないわけじゃないだろう。しかし……。

「遺書とか身許《みもと》は?」

「それはこれから。警部がみえてから、と思ったんです」

弓江は、かけてある布をめくった。そう血は出ていないが、全身打撲で、即死。

「なかなかいい背広だ」

と大谷が言った。「オーダーメイドだね、これは」

「警部と同じですね、メーカー」

「僕のは、お袋のオーダーメイドさ」

と、大谷は言った。「身分証や免許は？」

上着の内ポケットを、弓江は探った。そして、顔をこわばらせた。

「見て下さい」

ハンカチの上にのせて、弓江が差し出したのは、二二口径の拳銃《けんじゅう》だった……。

「拳銃か。暴力団関係者には見えないけどな」

弓江は、男の上着のポケットから、札入れをとり出した。

「——名刺が入ってます。〈吉川一《はじめ》〉ですって」

「本人のか？」

「ええ、カード類の名前も同じですから。——警部！」

と弓江は思わず声を上げた。

「どうした？」

「見て下さい。この名刺の勤め先」

名刺には、〈幸せの館事務局長〉とあった。

「〈幸せの館〉？　確か、君が調べたいと言ってた――」

「そうです。住所も同じですわ」

「ふむ……。〈幸せの館〉の事務局長も自殺するのか」

と、大谷は言った。「しかし問題は、その二二口径だね。出所を当ってくれ」

「はい。――やっぱり、あのサキって男、何か裏にあるのかもしれません」

大谷は微笑んで、

「君の直感は鋭いからな」

「あら、お母様ほどではありませんわ」

と、弓江が言うと、警官が一人やって来た。

「大谷警部、車の方にお電話が」

「分かった。誰からだ？」

「はあ。――お母様だそうです」

大谷は咳払《せきばら》いして、

「そうか。――すぐ行くよ」

弓江は、大谷の後ろ姿を見送って、

「大変ね、息子っていうのも」

と、呟いた。

私に息子ができても、あそこまでは構ってやりたくないわ。いつまでたっても独身ってことになりそうだし……。

そう考えてから、弓江は肩をすくめた。

「息子ができる」には、まず「父親になる男」が必要なのよね。

弓江は、とりあえず、目の前で死んでいる男に注意を戻した。どこかおかしいところがあるような気がしたのである。

吉川一か。――確かに、上等なスーツを着ている。靴もスイスのバリー。

そして……。

弓江は、かがみ込んで、吉川の左手首を見た。そして右の手首も。

そうか、何か足らないような気がしていたのだ。――吉川は、腕時計をしていなかったのである。

まるで予想とは違っていた。

弓江には、〈幸せの館〉というのが、どんな所なのか、見当もつかなかったのだが、それにしても、こんな所だとは、思ってもみなかった！

あのサキという男の雰囲気。そして、吉川の死という点から考えて、もっと秘密めいた、薄暗いムードを考えていたのである。

しかし現実には——。

明るい昼下り。どうしてこんなに若い女の子がいるんだろう、と思ったら、今日は土曜日だった。

学校帰りにそのまま来たのか、ブレザーの制服に学生鞄《かばん》という子もいる。——渋谷は、弓江のような若い女性でも、歩いていて少々気がひけそうな、「若者の町」となっていた。

その雑踏のど真中に、〈幸せの館〉はあった。それも、大きなショッピングビルの中に入っているのだ。

エスカレーターで五階まで上って、ともかく真直ぐ歩くだけでも苦労する人ごみの中、やっと、売場の一画に、〈幸せの館〉という仕切られた場所を見付けた。

女子高校生辺りが喜びそうな、メルヘンチックな入口。飾りつけは、キラキラと照明に光って、まぶしいようだった。

「ここ？」

弓江は、しばし唖然《あぜん》として突っ立っていた。これじゃ、まるで遊園地だ。

でも、確かに、入口に〈サキ先生の占いで、あなたの未来を知ろう！〉と、丸文字のポスター。あのサキという男が、吸血鬼ドラキュラ風の長いマントをまとった、等身大のパネルも立っている。

ここに間違いないのだ。しかし、これじゃどうみても、少女雑誌に出て来る〈星占いの先生〉の類《たぐい》。

ま、これも仕事だ。——弓江が入口から入って行くと、きちんとした古風なワンピース姿の女の子が、机の向うに座っていた。〈受付〉という札があり、その両側に、銀行で出金伝票を書くような感じで、立って書く台と筆記用具、そして〈あなたの相談内容〉という用紙が置かれていて、今も五、六人の女の子がそれに記入しているところだった。

「あの——サキさんにお目にかかりたいんですが」

と、弓江は言った。

「順番をお待ち下さい」

ちょっと目をみはるような、色白の美少女である。しかし、感じは悪くない。

「どこで待てばいいんですか？」

「そちらに列ができてますから、その最後について下さい」

と、その少女が手で示した方へ目をやると、なるほど女の子たちが十人近く、立っている。

もちろん、こっちは占ってもらいに来たわけじゃない。警察手帳を見せて、すぐに面会することもできたのだが、むしろ普通の女の子たちと一緒に並んで、サキのことを聞いてみよう、と思った。

「どうもありがとう」

「いいえ」

と、少女は微笑んだ。

ところが——順番待ちの列は、見えていた分で終わりじゃなかったのである。列の後ろがグルッと曲っていて、見えなかったのだ。仕方なく、弓江は列の最後尾を捜して、どんどん歩いて行った。

列は、何と階段に達し、そこから下へと伸びている。啞然とする内、列を辿って、弓江は五階から四階、三階と下りて来た。

どこまで行ったら終るのよ！

やっと最後尾に辿りついたのは、二階と一階の間の踊り場であった。

「凄い……」

弓江はため息をついた。――これじゃ何時間待たされるか……。

弓江が並ぶと、たちまち後ろに五、六人の女の子がついた。――こんなに「有名」な人間だったとは！

他の女の子たちは、たいてい何人かのグループで来ていて、いつもこれくらい並ぶのは当り前と思っているらしく、おしゃべりしたり、交替で飲物とかハンバーガーを買って来たりしている。

弓江は、仕方なく、こうなったら一日中でも待ってやれ、と覚悟を決めた。

十分ほどすると、前に並んでいた三人組の女子高校生のグループの一人が、飲物を買って来た。なぜか、四つ買って来ている。

「はいどうぞ」

と、一つを自分の方へ差し出されて、弓江はびっくりした。

「私？」

「喉《のど》、かわいてそうだったから」

「ありがとう。いくら？」

と、弓江は冷たいジュースを受け取った。

「いいの」

「そんなわけにいかないわ」

「ちゃんとうちでもらって来たから。〈相談料〉込みで。——ね。おばさんも、サキ先生に相談ごと？」

弓江は、ショックから何とか立ち直って、

「まあ……ね」

と、ひきつった笑顔で答えた。「あなたたち、よく来るの？」

「そうねえ、月に一回は来てるね」

「へえ。——よく当る？」

「おばさん、初めてなんだ」

「そ、そうなの」

「サキ先生はね、何でも悩みごととか、よく聞いてくれて、どうしたらいいとか、教えてくれんの。その辺のインチキな占いさんとは違うのよ」

「ふーん」

「もちろん、好きな男の子をどうやったら振り向かせられるか、とか、おまじないみたいなもんもあるけどね。でも、たいていの子は、サキ先生と話をするだけで、スッキリしちゃうの」

「そうなの。じゃ、いい人なんだ」

「うん！　とっても頼りになるし、話したことは絶対秘密にしてくれるしね」

話を聞いている内、弓江は何だか侘《わび》しい気分になって来た。——もちろん、「悩みごと」の中には、親や教師に絶対に言えないものがある。弓江だって、こういう少女時代を通って来たのだから、よく分かる。

しかし、この女の子たちの話を聞いていると、心の中を打ちあける相手として、はなから、「親」とか「教師」を考えていないのである。

「だって、パパもママも忙しくって、話すことなんかないし」

「ねえ」

と、互いに肯き合って、

「前に担任の先生に、悩んでること打ちあけたら、職員会議で、その先生、ペラペラしゃべってさ、私、友だちから絶交されちゃったの」

と、一人が言った。

やれやれ……。教師の方にも、「大人の判断」のできない人がふえているのかもしれない。

——列は、思っていたよりも早く進んでいた。

どうやら、相談する子は一人で、それに五人も六人も「付き添い」がいる、ということらしい。弓江は少しホッとした。

この分なら、夜まで待たずにすみそうである。

前の三人組ともすっかり打ちとけて、あれこれおしゃべりをしていると、階段を女性が一人で下りて来た。

弓江は、ふとその女性に目をひかれた。

「ね、倶子！」

と、弓江は呼びかけた。「倶子でしょ」

聞こえてはいたのだろう。少し階段を下りてから、その女性は振り向くと、

「——弓江？」

「そう。やっぱりね！　久しぶりじゃないの！」

江藤倶子とは同じ高校で、結構親しい仲だった。

「元気そうね」

と、江藤倶子は言ったが、当人はあまり元気に見えなかった。

「ね、今何してるの？　お勤めだったでしょ」

「今は——浪人中」

と、倶子は少し寂しげに微笑んだ。「弓江は刑事さんでしょ、相変わらず」

それを聞いて、前の三人組が一斉に、

「エーッ！」

と、声を上げた。

「まあね」

と、弓江は言った。「ね、一度会おうよ」

「その内ね。——ごめんね、ちょっと急ぐの」

「うん。じゃ、また……」

弓江は、江藤倶子が逃げるように行ってしまうのを、やや心配しながら見送っていた。

本当に急ぐのなら、弓江に会う前から、急いで下りて来ているだろう。——弓江と話したくなかったらしい。

倶子……。倶子も〈幸せの館〉へ来ていたのだろうか？

それにしては〈幸せ〉そうではなかったが……。

「ね、おばさん、本物の刑事さん？」

と、高校生の子が訊いた。

「うん、そうよ」

「へえ、カッコいいんだ！」

「そんなことないわ。どんな仕事も、同じようなもんよ」

「刑事さんでも、占いに頼るの？」

「そうよ」

弓江は肯いて、「犯人がどこにいるか、当ててもらおうと思ってね」

と、真面目《まじめ》くさった顔で言った。

6　動揺

「おや、これは刑事さん」

　と、サキ・巌が、目を見開いて、「お珍しい。——並んで待っておられたんですか。それは失礼。一言おっしゃって下されば」

「いえ、とても楽しく待たせていただきました」

　弓江は、ゆったりとしたソファに腰をかけた。「大変な人気ですね」

「いつの間にやら、若い人たちがつめかけるようになって……。娘のミユキです。ミユキ、お茶をさし上げて」

「はい、パパ」

　と、部屋を出て行った。

「お嬢さんですか」

「ええ。アルバイトで受付をやらせていたら、その内、いなくては困るようになった。

給料をつり上げて来るので、困りますよ」

と、サキは笑った。

内側に紫のビロードを貼《は》った部屋は、大して広いわけではない。しかし、却って、ここへ入った人間を落ちつかせる効果はある、と弓江は思った。

「ところで、今日は何かご用で？」

と、サキは長い指を組み合せて言った。「個人的なご相談ですか。あるいは公の——」

「仕事です」

と、弓江は言った。「先に一つ、うかがいたいのは、倉林良子さんのことです。良子さんもここへ？」

「そうです」

「良子さんは、この間死んだアイドルの田崎建介を恨んでいました。——ここでは、誰かに呪いをかける、といったことも、教えるんですか」

「とんでもない」

と、サキは首を振った。「確かに、彼女は田崎建介を憎んでいた。その自分の気持が怖くて、ここへやって来たのです」

「じゃ、彼女にどんな話を?」

「軽蔑《けいべつ》すべき男のために、人生の大切な時間をむだにしてはならない、と言ってあげましたよ。そんな男は、いずれ自らのせいで滅びる、と」

「現に死にました」

「ええ。心臓発作とか。無理をしていたんでしょうな」

と、サキは肯《うなず》いた。

娘のミユキが、お茶をいれて来てくれた。

「どうも……」

弓江は、ゆっくりとお茶を飲んだ。「おいしいわ」

「どうも」

と、ミユキが微笑んだ。

すると、サキが、急に言った。

「恋しておられますな」

「は?」

弓江は面食らった。

「いや、そんなことぐらいは、超能力がなくても、見れば分かる。あなたの体から、恋している女性の輝きが発散しています」

「そうでしょうか……」

と、弓江は少々赤くなった。「あの――」

「しかし、障害があって、悩んでおられる」

弓江は唖然《あぜん》としてサキを見た。

「あなたと恋人の間に、影が立ちはだかっている。そうでしょう？　その影が消えない限り、あなたの恋は実らない」

「あの……」

「想像するところ、母親ですか」

弓江はドキッとした。

「彼の母親。母の愛は理屈ではない。どんなにすばらしい女性でも、拒んでしまうものです」

と、サキは続けた。

「あの、とりあえず――」

「これは悲劇です。本来、結ばれるべき男女が、第三者であるはずの母親によって引き裂かれる。こんなことがあってはなりません。彼も、あなたも不幸だ。そして母は？　母もまた不幸です。息子を不幸にすることによって、母も不幸になる。息子の愛が、いつか憎しみに変わる日が来ます。いけませんよ、諦《あきら》めたりしては。あなたの恋を貫くのです。障害があれば、それを取り除くのです」

弓江は、必死で立ち直ろうとした。

「パパ、失礼よ」

と、聞いていたミユキが言った。「勝手におしゃべりして」

「おや、失礼しました」

と、サキは、ちょっと笑って、「いや、一日中、若い子たちの話を聞かされていますのでね。たまに、こうして大人の方がおいでになると、ついしゃべり過ぎてしまうのです。お許し下さい」

「いえ……」

弓江は汗をかいていた。

「で、お話というのは？」

「はあ……。吉川さんという方をご存知ですか」

「吉川ですか。うちの事務長です。といっても事務員はこのミユキ一人、あとはアルバイトですが」

「吉川さん、おとといからお休みよ」

「珍しいな。――刑事さん、吉川がどうかしましたか」

「亡くなりました」

ミユキが短い声を上げた。サキが眉《まゆ》を寄せて、

「死んだ……。吉川がですか」

「ええ。ゆうべ、ビルの工事現場で」

「事故ですか?」

「高い所から、飛び下りたんです」

「というと――自殺ですか」

「そう考えられます。目撃者もいます」

「何てことだ」

サキは、首を振って、「何を悩んでいたんだろう?――私が何も気付かなかったとは、うかつでした。ミユキ、お前、何か聞いていたか?」

「いいえ……。びっくりしたわ」

実際、ミユキの顔はショックからか、青ざめていた。

「それだけではないのです」

と、弓江は、吉川が二二口径の拳銃《けんじゅう》を持っていたことを話した。「——何かお心当りは？」

「いや、全く。——ご迷惑をおかけしますな、それは」

「ご自宅をうかがいたいんですが」

「ミユキ、吉川の自宅の住所を」

「はい」

ミユキが出て行く。

「——あれは、吉川と親しくしていましたから、きっとショックでしょう」

と、サキが言った。

「吉川さんにご家族は？」

「奥さんと二人暮しでした。じゃきっと、何も知らないんだな」

「死体の確認をお願いしなくてはなりませんので」

「私も一緒に行きましょう。奈々子さん一人では、気の毒だ」

「奈々子さんとおっしゃるんですか」

「まだ若くて——二七、八でしたね、確か。吉川は四〇を過ぎていますから、ずいぶん若い奥さんをもらった、と冷やかしていたものです」

ミユキが、住所と電話をメモした紙を持って来てくれた。

「ありがとう。——じゃ、ここを閉められてから、奈々子さんと一緒に、安置所へおいで下さい」

「かしこまりました」

「どうも」

弓江は、サキの部屋を、ミユキと一緒に出た。

「ショックだわ」

と、ミユキが言った。「とてもいい人だったのに」

弓江は行きかけて、ふと振り向き、

「ミユキさん。吉川さんは、いつも腕時計をしていた？」

と、訊《き》いた。

ミユキは当惑した様子だったが、

「ええ……。ロンジンのを、ずいぶん長く愛用してました。それが何か？」

「いえ、いいの。——じゃ、さよなら」

弓江は、外へ出た。

階段には、まだ女の子たちが、いつ果てるともなく、列を作って待っている。

弓江は、階段を下りて行った。

サキの言葉は、不意打ちだっただけに、弓江を動揺させていた。

母も息子も不幸……。

障害は取り除いて……。

やめてやめて！　弓江は強く頭を振った。

馬鹿らしい。あんな占い師の言葉がどうだっていうの？

弓江は、ビルを出ると、やたら急いで歩き出した。——自分でもどうしてか、よく分からなかったのだが、ともかく、あのビルから、早く遠ざかりたかったのである……。


「間違いありません」

と言ったと思うと、吉川奈々子は、顔をハンカチに埋めて、泣き出した。

「さあ……。落ちついて」

サキが、奈々子の肩を抱いて、言った。

「お気の毒です」

と、大谷が言った。「——こちらへ」

廊下の一隅に置かれた応接セットに、サキたちが腰をかけると、大谷と弓江は顔を見合せた。

「――奥さん。お聞きと思いますが、ご主人は自殺でした。しかし、遺書らしいものは何も残しておられません。何かお心当りは？」

奈々子は、しばらく涙を拭《ぬぐ》って、深く息をついてから、

「分かりません。このところ、忙しかったせいか、帰りは遅くて。ゆっくり話すことはありませんでしたが。でも、普段と特別変わったことはなかったと思います」

と、力のない声で言った。

「それと、ご主人が持っておられた銃のことですが……」

「それも、見当がつきません。どこでそんな物を……」

本当に戸惑っている様子だ。

「今、出所を洗っているところですが、どうも難しいんです」

と、大谷は言った。「しかし、あんな物を持っておられたのは、身の危険を感じておられたからではないですか」

「だとしても、私には全く話してくれませんでした」

吉川奈々子は、少し神経質そうだが、細身の、なかなかの美人である。

夫の突然の自殺で途方にくれている、という表情は、本物のように弓江には見えた。

「サキさんでしたね」

と、大谷は言った。「何かご存知ありませんか。吉川さんが過去、誰かに狙《ねら》われるような立場だったとか」

「私にも、さっぱりです」

と、サキは言った。「大変、計算とか細かい数字に強い男でした。頼りにしていたんですが……」

「なるほど。——自殺とはいえ、原因が全く不明となりますと、こちらとしても捜査しなくてはなりません。ご了解いただきたいのですが——」

と、大谷が言いかけると、

「努ちゃん！」

と、甲《かん》高い声が廊下に響きわたった。

大谷の母が、お弁当の包みを手にやって来る。大谷は咳払《せきばら》いして、

「あ——ちょっと失礼」

と言うと、あわてて母親の方へと駆けて行った……。

サキと奈々子は、呆気《あっけ》にとられて、大谷が母親から「お弁当」を受け取るのを、眺

めている。

弓江は、わざと目をそらしていた。

「いいわね、ちゃんと、おかずを残さないで食べるのよ」

と、大谷の母が念を押している。

「分かったよ、ママ」

大谷は、チラッとサキたちの方へ目をやって、「今、仕事の話をしているところだから――」

「あら」

大谷の母は、ノコノコとサキの方へやって来ると、「あなたですね、今、若い女の子たちにとても人気のある魔術師って」

「恐れ入ります」

サキは立ち上がると、「サキと申します」

「大谷努の母ですわ。とても霊感のありそうな方ね」

「ママ――」

「びっくりすることないでしょ。少女雑誌を見れば、この人の写真が出てるわ」

「そんなもの、どこで見たのさ?」

「電車でね。隣の席に座った女の子が読んでたの」

大谷の母の好奇心の強さも、相当なものだ。

「お邪魔しまして」

と、大谷の母は、サキへ言った。「努ちゃんをよろしく」

「はあ」

サキも、さすがに少々気圧《けお》されている感じだった。

大谷の母が帰って行くと、大谷は汗を拭った。

「どうも――失礼しました」

「いや、大変お元気なお母様ですな」

と、サキは言った。

「ちょっと元気すぎるくらいですが」

大谷は、どこまで話をしていたか、忘れてしまっていた。「では――その、何か分かり次第、ご連絡いたします」

「どうも……」

吉川奈々子も、大谷の母の出現で、束《つか》の間《ま》、夫の死のショックを忘れている様子だった。

「──やれやれ」

大谷は、応接セットのソファにドカッと座ると、「いつも、とんでもない所へ現われるんだからな。──香月君。どうした?」

弓江は、ハッと我に返って、

「あ、いえ……。すみません」

「ここじゃ、弁当ってのも……。外へ出ようか」

「車の中で食べません? 私、何か買いますから」

「そうだね」

二人は、死体安置所を出た。

もう夜で、確かに夕食時間にはなっているのだ。

大谷が車を走らせている間、弓江はぼんやりと前方を見つめていた。

──あのとき、サキが、帰りがけ、奈々子の肩に手をかけたまま、ふっと振り向いたのである。まるで、弓江が自分を見ていることを、ちゃんと承知していたかのように。

サキと目が合ったとき、弓江は一瞬、背筋を冷たいものが走るのを覚えた。

分かってますよ。──何も言ってないのに、サキの声が聞こえるような気がした。

分かっていますよ。あなたの気持はね。

弓江は強く頭を振った。――何を考えてるの！

「――どうかしたのかい？」

と、大谷が言った。

「いえ、ちょっと……」

と、弓江は目を閉じた。

「気分でも悪いのか？　寝不足なんじゃないか」

大谷は、車を道のわきへ寄せて停《と》めた。

「少し休むかい？」

「大丈夫です」

弓江は気をとり直して、息をついた。「ちょっと――不足してたんです」

「やっぱり寝不足？」

「いいえ」

と、弓江は微笑んだ。「あなたに不足してたんです」

大谷は、弓江を抱き寄せて、やさしくキスしたのだった……。

7　影

「おい、ここでいい」

と、山仲忠志は言った。

「部長――」

「その先で停めろ」

「はい」

秘書の武田は、ハンドルを切ると、車を道の端へ寄せた。「お待ちしますか？」

「必要ない」

と、山仲は言った。「自分で適当に帰る」

「分かりました」

武田はドアを開けた。「明日は……」

「明日は会議だな。昼までには出社する」

「かしこまりました」

と、武田は言った。「しかし、部長――」

「何だ?」

「あの――何か急な用件があったら、どうしましょう?」

「何もないさ。心配するな」

山仲はポンと武田の肩を叩《たた》いた。「じゃ、明日な」

「はあ」

「分かってるな。今夜は――」

「忙しくてホテル泊り、ですね」

「そうだ」

山仲は、ちょっと手を上げて見せ、歩き出した。

マンションが立ち並ぶ、静かな住宅街である。――また「新しい女」を見付けたのか。

武田は、ちょっと首を振って、車に乗るとエンジンをかけた。

――山仲は、人影のない道を、歩いて行った。

いつも、女は面倒の種だ。しかし、やはり仕事に疲れると、つい女の所へ足が向く。

夜風は少し冷たかったが、仕事で疲れた頰《ほお》には快かった。――充実。山仲がいつも求めているのは、それだ。

人生は、充実したものでなければ、意味がない。山仲のような男にとっては、空白の時間など、意味がないのだ。

充実した仕事。その疲れをいやすのは、「充実した休息」だ。それは家庭では求められないものだった。

歩きながら、左右のマンションを見上げる。――明りの点《つ》いた窓が、ずいぶんある。もちろん、あのどれもが、男を待つ女たちの部屋ではないだろうが、あの内のいくつかは、山仲のような男の訪れを、待っているのだ。

山仲は、別に妻に不満があるわけではない。今も妻は充分に魅力的だ。しかし、妻には当然のことながら、「安らぎ」はあっても、「緊張」はない。

山仲は張りつめたものを求めているのだ。いつも。――人生は、ピンと張りつめていなければならないのだ……。

コツ、コツ……。

山仲は、足を止めた。――足音が、自分を追って来るような気がしたのだ。

振り向いたが、誰もいない。見通しのいい道だし、街灯もあって、そう暗くない。

人影は見えなかった。——気のせいか。それとも、自分の足音のエコーかな。

ちょっと肩をすくめて、山仲は歩き出した。

——倶子のことを思い出す。

あいつも可哀そうだった。あんな風に別れたくはなかったのだが、男と女の間は、ああなってしまったら、もうおしまいだ。

小切手を裂いて捨てて行った倶子の気持を考えると、多少胸が痛む。いや、正直なところ、山仲は、まだ倶子にいくらか未練があるのだ。

自分でも分かっていた。——今度の女は、大して長く続くまい。

今度の女にひかれたのは、その女が倶子に似ていたからだ。それだけのことで……。

コッ、コッ、コッ……。

山仲は足を止めた。背後の足音が、一瞬遅れて止まった。

「——誰だ？」

と、振り返って、声に出して言った。

静かな夜の道に、自分の声が響く。

「誰かいるのなら、出て来い」

しかし、返って来るのは、静寂だけだった。

山仲は、ちょっと不安になった。——こんな場所に、強盗も出るまいが。

ともかく、女のいるマンションまで、ほんの何百メートルか、だ。少し足どりを速めて、歩き出す。

武田の奴《やつ》に、車でマンションの前まで送らせれば良かったな、と思った。あいつは口が堅い。

しかし、今はともかく——。

カッ、カッ、カッ。——急いでいる自分の歩調に合せて、その足音は、早くなった。

足を止めずに振り返る。

しかし、相変わらず道には、人影が全くないのである。山仲はどんどん足どりを速め、ついには駆け出していた。

タッタッタ。——追って来る、その足音も、駆けていた。

心臓が、飛びはねるように打っていた。

もう少しだ。あと——ほんの数十メートル。二十メートル。十メートル……。

山仲は、マンションの明るいロビーへ飛び込んだ。

喘《あえ》ぎながら振り向くと——足音はピタリと消えていた。

何だったんだ？　あれは一体……。

激しく肩で息をついて、汗が、背中を伝い落ちて行く。

明るいロビーから見える夜道は、人っ子一人なく、沈黙している。

あの足音は……幻聴か？

いや、そんなわけはない。確かに聞こえたのだ。誰かが、俺《おれ》を追いかけていた。

「――どうしたの？」

突然、後ろから声をかけられて、山仲は、

「ワッ！」

と、声を上げ、飛び上った。

「何よ一体？」

女がガウン姿で、呆《あき》れ顔をして立っている。

「お前か……。びっくりさせるな！」

「だって……。窓から見えたの、走って来るのが。どうしたのかな、と思って」

「見えたのか？」

「うん。――ランニングでもしてたの？」

「俺は一人だったか？」

「何ですって？　当り前じゃないの」

「そうか……」

「大丈夫？　疲れてるんじゃない？」

と、女は山仲の顔を見た。

「いや、大丈夫だ。──行こう」

山仲は女の肩を抱くと、無理に笑顔を作って言った……。


「そうねえ」

と、旬子《じゅんこ》は言った。「女刑事なんてのも、悪くない」

「え？　旬子が刑事？」

ワッと周囲の子たちが笑った。

「あら、何かおかしい？」

「旬子じゃ、みんな犯人、逃しちゃうよ」

「そうそう！」

「失礼ねえ！　そりゃ、私は走るの遅いけどさ、何も足の速さだけが問題じゃないでしょ」

と、旬子は言ってやった。

「でも、旬子、ずっとデザイナー志望だったじゃない。何で急に刑事なんかになったわけ？」

「いいでしょ、そんなこと」

旬子は、口を尖《とが》らして、「冷やかしてばっかりいる奴には、教えてやんない」

――昼休み。女子校の昼休みは、にぎやかである。

学校によっては、至って「おしとやかに」昼休みを過さなくてはいけない、という、厳しい所もあるらしいが、佃旬子の通っているこの女子校は、そんなこともなく、のびのびとしている。

お弁当を食べ終ると、旬子はたいてい同じ仲間たちとおしゃべりをする。

旬子が、突然、

「女刑事になる」

と言い出したのがどうしてか、〈幸せの館〉へ一緒に行った他の二人にはよく分かっている。

しかし、それはあくまで他の子には秘密。

旬子は、あのとき、すっかり仲良くなった若い女刑事に、憧《あこが》れてしまったのである。

婦人警官なんていうと、車の取り締りをしている、うるさそうなタイプ、と思い込んでいたが、あの刑事さんは、本当にごく当り前の勤め人って感じだった。

でも、もちろんピストルだって持ってるんだろうし、柔道だってやってるはず。凶悪犯相手に、必死で撃ち合ったりもするんだろう。

あの、一見きゃしゃな可愛い女性が、そんなことをしているのを想像すると、句子はわくわくしてきた。

私だって、女刑事になれるかもしれない。——一七歳の豊かな想像力は、自分を女刑事にして、二枚目のすてきな男性の命を助ける、といった場面など、いとも簡単に思い描いてしまう。

句子は、正直なところ、走るのは遅いし、運動神経も鈍くて、とてもじゃないけど刑事になんかなれないだろうと分かっていた。でも空想するだけなら、別に何も害はないしね……。

「あ、もう五分しかない！」

今週の〈美化委員〉である句子は、パッと立ち上った。

クラスの隅に置いてある屑《くず》かごの中身を、昼休みの間に捨てておかなくちゃならない。午後、週番の三年生が、きちんとチェックしに来るのである。

プラスチックの屑かごを手にさげて、句子は廊下を歩いて行った。

中はほとんど紙屑だから、重くはない。

「佃、美化委員か」

と、声をかけてくれたのは、宍戸先生。

三四歳の、英語の教師である。――二枚目とは言えないが、人が良くて明るいので、人気はある。

「はい」

と、旬子は答えた。

「ご苦労さん」

と、宍戸は職員室の方へ歩いて行く。

宍戸先生、いつも明るいなあ、と旬子は思った。

去年、赤ちゃんが生れて、ますます明るくなったみたい。――何でも結婚して七年間ずっと子供ができなかったので、諦《あきら》めかけていたところへ、生れたそうだ。

もう、子供の話になると、目尻《めじり》を下げっ放し。その手で、小テストをまぬかれることも、珍しくない。

――旬子は校舎を出て、裏庭の焼却炉の所へやって来た。先にごみを捨てて戻る、他のクラスの子と、と、声を交わして、自分の屑かごの中身を焼却炉の中へあける。

「――これでよし、と」

さ、戻るか、と歩き出そうとしたとき、

「ちょっと、君……」

と、呼びかけられた。

「は？」

――コートを着てサングラスをかけた、何となく、うさんくさい感じの男が立っていた。

「何ですか」

と、旬子は用心しながら言った。

大体、この男、どこから入って来たんだろう？　裏門はいつも閉っているのだ。

「宍戸先生を知ってるね」

と、その男は言った。

「ええ……」

「これを、宍戸先生に渡してくれ」

男は、封筒をとり出した。

「あの……」

「渡してくれれば分かる。――いいね」

いやだ、と言う間もなく、男は、その封筒を旬子へ押し付けて、いなくなってしまった……。

「変なの」

と、旬子は肩をすくめたが……。

ともかく、捨てるわけにもいかない。教室へ戻る途中、旬子は職員室へ入って行き、宍戸先生の机の上に、その封筒を置いておいた。

休み時間は、先生たちも、たいてい席にはいないのである。

旬子は教室へ戻り、それから手を洗っていると、チャイムが鳴った。

午後の授業が始まり、旬子はもう、さっきの変な男のことも、封筒のことも忘れかけていた。目先のテストの方が重大問題である。

授業が始まって三十分ほどすると、教室のドアを叩く音で、先生の話は中断された。

ドアが開くと、事務の女性が青ざめた顔で立っている。

「先生、ちょっと……」

もう大分高齢の古文の先生は、いぶかしげに廊下へ出て行った。

廊下で、何やら小声で話していたと思うと、その先生は、ひどくそわそわした様子で戻って来た。

「ああ……。ちょっと、この時間、残りは自習にする」

みんな、顔を見合せた。――何かあったんだ。

「先生、どうしたんですか」

と、一人が訊いたが、

「いや……。後で、話があるだろう」

と言っただけで、その先生は教室を出て行ってしまった。

教室内がざわつく。

これはただごとじゃない、というわけである。他の教室も同様にざわついているのが、聞こえて来る。

何があったんだろう？

旬子は、読みかけていた小説を読み出した。――もちろん好奇心はあるが、ここであれこれ言っていても、始まらない。

十分ほどたっただろうか。ドアがバタンと開いて、息を切らして駆け込んで来たのは、今日、〈お茶出し当番〉の子だった。

この学校では、来客へのお茶出しを、生徒がやるのである。

「大変！——ね、大変だよ！」

真青になっている。教室の中が、シンと静まり返った。

「あの——宍戸先生が——」

旬子は顔を上げた。

「どうしたの？」

と、誰かが言った。

「何だか……理由は分かんないけど——。昼休みの後、家へ帰って……」

宍戸先生の家は、このすぐ近くの職員寮である。

「どうしたのよ！」

「うん……。奥さんを殺して——」

エーッ、と声が上がった。

「うそ！」

「今、パトカーが……」

確かにサイレンがいくつも聞こえた。しかし、まさかそんなことだとは……。

「先生……奥さんと……赤ちゃんも殺して、自殺したって!」

――誰もが動かなかった。呼吸さえ止めているくらい、静かだった。

一人が泣き出し、それがたちまち広がって行く。

旬子の机から筆箱が落ち、大きな音をたてて中身が床にばらまかれた。

8　記念品

「午後は、どうなさいますか」

　と、武田が訊いた。「三時には部長会議があります。それまでは——。部長。部長？」

「うん？」

　山仲が、ふっと顔を向けて、「何か言ったか？」

「部長……。お疲れじゃありませんか。少しお休みになったら」

「誰も疲れてなんかいない」

　と、山仲は不機嫌な声を出した。「料理が遅いな」

　フランス料理の店で、ランチをとっているところである。

「催促して来ましょう」

　と、武田は立ち上がりかけて、「——部長」

「何だ?」

山仲は、武田の視線を追って、そこに立っている江藤倶子を見た。

「ここだと思った」

と、倶子はやって来て言った。「こういう店で、せっかちに食べてもしょうがないって言ったでしょ」

「そうだったな」

山仲は、じっと倶子を見ていたが、「——武田」

「はあ」

「社へ戻ってろ」

武田は面食らった様子で、

「しかし……」

「三時までには戻る。——いいから、行ってろ」

「はい」

武田は立ち上がると、一礼してレストランから出て行った。

「——ご一緒していいの?」

と、倶子は訊いた。

「二人分注文してある」

倶子は、山仲と向い合った席につくと、

「少し疲れてる?」

と、言った。

「そう見えるか」

「ええ。――今の彼女が、元気すぎるんじゃないの?」

と、倶子は言った。

山仲は、ちょっと笑った。

倶子は別人のように、美しく装って、若返ってさえ見えた。

「――この間は、ごめんなさい」

倶子が思いがけないことを言い出した。「小切手、破ったりして」

「いや……。あれは俺も悪かった」

と、山仲は言った。

「武田さんにことづけたりするから、カッとなったの。――でも、いらなかったのよ、お金なんて」

「君は、そういう女だな」

と、山仲は肯いた。「何かを買ってくれ、とねだったことはない」

「本当に好きなら、そうよ」

「しかし――。まあ、いい」

料理が来た。「食べよう」

「ええ」

山仲は、食事しながら、

「どうしてるんだ、今」

と、訊いた。

「田舎へ帰ることにしたわ」

「帰る？――そうか」

「そうしないと、生活を思い切って変えられないしね」

と、倶子は言った。「こんなランチは、あの小さな町じゃ食べられないけど」

「嫁にでも行くか」

「たぶんね。――でも、少しのんびりする。こんな都会にいると、いやでも急いで生きるようになるでしょ」

「うん……。そうだな」

山仲は肯いた。

二人は、しばらく黙って料理を食べていた。

食後のコーヒーになって、山仲は腕時計を見た。

「一時四十分か。――三時までは大分あるな」

山仲は倶子の視線と出くわした。倶子の目の奥に、燃えるものが見えた。

「――どうだ」

と、山仲は言った。

「そのつもりで来たの」

「本当か」

「最後に、もう一度、あなたに抱かれたかった」

山仲の胸が熱くなった。

この女を捨てたことを悔む思いと、これが最後なら安心だという計算と、両方の思いが山仲の中で交錯した。

「じゃ、行こう」

「コーヒーを飲んでないわ」

「時間が惜しい」

山仲はもう立ち上がっていた……。

「何時だ？」

と、山仲が、少し息を弾ませながら訊いた。

「今……二時半よ。そろそろ仕度したら？」

ベッドの中で、倶子の体がゆっくりと動いた。

「うん……。まだ大丈夫だ。少し休んでからでいい」

窓のないホテルは、夜か昼か分からない。しかし、ここへ来る恋人たちの多くは、時間までに帰らなくてはならない、シンデレラなのだ。

「倶子」

と、山仲は言った。

「うん？」

「悪かったな。君には、ずいぶんひどいことをした」

倶子は、ちょっと笑った。

「もう、過ぎたことでしょ。忘れましょうよ」

「そうだな……。シャワーを浴びて来る」

山仲が起き上がり、ベッドから出る。

「ねえ」

と、倶子がベッドの中から呼びかけた。

「何だ？」

「何か……あなたの持ってる物、ちょうだい。思い出に取っときたいの。高いものでなくていいわ」

「いいとも。何でも持ってけ」

バスルームへ入りながら、山仲が言った……。

シャワーを浴びながら、山仲は後悔していた。倶子を捨てたことを。

あんな女は、ざらにはいない。

しかし、今さらまた……。それに、これきり、ということにしたからこそ、良かったのかもしれない。

惜しいぐらいのところで別れるのが、ちょうどいいのだろうか。

山仲は、バスタオルで体を拭《ふ》くと、それを腰に巻きつけてバスルームを出た。

「おい、君もシャワーを……」

明りの点いた部屋は空っぽだった。

倶子の姿はなく、テーブルにメモが一枚、残されていた。

〈顔を見ると、さようならを言うのが辛《つら》くなるので、先に行きます。あなたがずっと使っていたネクタイピン、記念にもらって行くわ。——お幸せに。倶子〉

ネクタイピンか。——確か記念品としてもらった物で、ずっと使ってはいたが、高価な物ではない。

あんなものは、どこかで落としたとか、いくらでも説明できる。——山仲は、ホッとすると同時に、倶子を失ったことが、ますます残念になって来たのだった。

「——こりゃひどい」

と、大谷はため息をついた。

「やり切れませんね」

弓江は、現場を長く見ている勇気がなかった。

「どうしたんだ？　発狂でもしたのか」

「分かりません。でも——温厚な学校の先生が、奥さんと赤ちゃんを殺して自殺するなんて、普通じゃないですよ」

職員寮の部屋を出ると、二人は、外の空気を深々と吸った。

「学校は臨時休校にして、全員帰したそうです」

と、弓江は言った。

「生徒たちの動揺も大きいだろうな」

立ち会っていた教師も、呆然《ぼうぜん》としている様子だったが、生徒が一人近くに立ってい
るのを見ると、

「おい、来ちゃいかん！」

と、大声で言った。

弓江はその方へ目をやって、

「あら……。あなた、この間の――」

その女生徒は、弓江の方に頭を下げた……。

「――宍戸先生に手紙？」

と、弓江は言った。

「ええ」

佃旬子は、肯いた。「男の人から、宍戸先生にこれを渡してくれ、って。私、職員
室の机の上に置いといたんです」

「その昼休みの後、宍戸先生はここへ帰って来て……」

「私があんなもの、置いとかなければ――」

「そんなこと考えちゃいけないわ」

弓江は、佃旬子の肩を、やさしく抱いた。「あなたのしたことは当然のことよ。――それが原因とも限らないんだから」

とは言いながら、その妙な男が渡した封筒の中身が原因という可能性は確かにある。

弓江は、宍戸先生のことを、旬子から色々聞いた。

長いこと子供ができず、去年やっと生れて大喜びだったこと。普段も明るくて、人気があったこと……。

弓江は、旬子に、

「ここで待ってて」

と言うと、寮の中へ戻って行った。

――現場の部屋にあった屑かごや、その他の場所を捜してみたが、封筒らしいものはない。

台所へ来て、弓江は、生ごみを捨てるコーナーの中に、焼けた紙が捨ててあるのを見付けた。――これかもしれない。

鑑識の人間に、灰を、できるだけそのまま取り出し、何が書いてあったか読んでくれ、と頼んだ。

「これは写真だね。印画紙だ」

「写真？　何がうつっていたか、分かる？」

「さて……。灰がうまくこわれずにいてくれりゃね」

「何とかやってみて」

弓江はそう言って、外へ出た。

大谷が、難しい顔で考え込んでいる。

「警部」

「何か分かったかい？」

弓江の話を聞いて、大谷はゆっくりと肯いた。

「見当がつく」

「そうですね。――ずっと子供ができなかった二人。やっと生れて、父親は大喜びしている」

「そこへ、もし――父親が別の男だという証拠の写真でも見せられたら……」

「温厚な先生でも、錯乱して不思議じゃありません」

「どうやら、その線が濃厚だね」

と、大谷は言った。

「問題は、誰がそんな写真を渡したか、ですわ」

「何のために？」

二人は顔を見合せた。——二人して、もう一度室内へ入ると、台所や納戸の引出しを調べる。

「あった」

大谷が見付けたのは、銀行の預金通帳である。ページをめくって、ため息をつく。

「やっぱりか。——ここで三十万。ここで五十万。ここで二十万、引き出されている」

「奥さんを、誰かが脅迫していたんですね。写真をねたに」

「しかし、この家にそんな大金があるわけじゃないだろう。とても払い切れなくなった」

「犯人は、容赦なく、写真をご主人に渡した……」

「ひどい奴だ！」

大谷の頬が紅潮した。

「許せません。間接的な殺人ですよ」

「そうだ！　何としても、取っ捕まえてやる！」

大谷は珍しいほど興奮していた。手配中だった小山は、大阪で逮捕されていたので、この事件に集中できるのである。

弓江は、外で待っていた旬子の所へ戻ると、封筒を持って来た男のことを、できるだけ細かく思い出してくれ、と頼んだ。

もちろん、コートにサングラスでは、犯人を特定するのは難しい。しかし背の高さや、やせ型、太り気味、といったことだけでも、何も分からないよりましだ。

「必ず犯人を捕まえてみせるから。いいわね」

と、弓江は、旬子の肩を軽く叩いた。

「はい」

旬子は肯いた。「あの、カッコいい人、誰ですか？」

「え？」

大谷のことなのである。「——ああ、私の上司、大谷警部」

「何か——凄くすてきですね」

と、旬子は素直な感想を述べた。

「まあね……」

弓江は、大谷の母がここへやって来ないことを祈っていた……。

倉林良子は、〈幸せの館〉の受付まで来て、足を止めた。

「——今日はもう、終ったんです」

と、奥からミユキが出て来て、「——あ、良子さん」

「今晩は」

と、良子は言った。「お父様、いらっしゃいます?」

「待ってね」

ミユキは奥へ戻ると、すぐにまた顔を出して、

「中へ入って」

と促《うなが》した。

良子は、ビロードを貼った部屋の中へ入って行った。

「やあ。もう良くなったのかね?」

と、サキがゆったりと椅子《いす》にかけて、言った。

「はい」

良子は、ソファに座ると、「——お礼を申し上げたくて」

「礼なんか必要ない。あれをやったのは君で、私ではない」

「でも――」

「いいかね。私は、人を幸せにするのが仕事だ。君の場合は、例外中の例外だよ」

「分かっています」

「すると、今日はどうしてここへ？」

良子は、少しためらっていたが、

「母が……何だか変なんです」

と、言った。

「お母さんが？」

「このところ、凄く元気がなくて。――急に老《ふ》け込んじゃったみたいなんです」

「ほう」

サキの目が鋭さを帯びた。しかし、良子は全くそれに気付かなかった。

「話してごらん」

と、サキは長い指を組み合せると、言ったのだった……。

9　かぶさる影

重苦しい灰色の空。

それは旬子の気分にぴったりだった。

足どりも、つい重くなる。もちろん、旬子の気が重く沈んでいるのは、天気のせいなんかではない。

佃旬子は、〈幸せの館〉の入っているビルの裏手を歩いていた。ここを回って行った方が、地下鉄の駅から歩いて近いのである。

旬子は、「サキ先生」に会いに来たのだ。いつもなら大勢でワイワイやって来るのだが、今日は一人だった。

一人でなければ、来る気にはなれなかったのである。

——私が、宍戸先生を殺した。私のせいで宍戸先生と奥さんと、そして赤ちゃんまでが……。

それを考えれば、旬子は本当に死にたいような気分になるのだった。

なぜ宍戸先生があんなことになったか、学校ではパーッと噂《うわさ》が広まっていた。もちろん、警察から公式の発表があったわけではないが、そういう話は隠しておけないものだ。

宍戸先生の赤ちゃんは、他の男の人の子だった。――それの証拠になる写真を、旬子がその手で届けたのだ。

旬子は、ともかく今の気持を「サキ先生」に聞いてほしかった。聞いてもらうだけで、ずいぶん気持が落ちつきそうな気がした。

だから、今日は一人で――。

「これを渡してくれ」

と、誰かが言った。「渡してくれれば分かるからな。頼むぞ」

これを渡してくれ……。渡してくれれば分かる……。

旬子は、凍りついたように、立ち止っていた。――あの声だ。

「これを宍戸先生に渡してくれ」

そう言った男。――あの焼却炉の近くで、封筒に入れた写真を旬子に預けた男。

今、聞こえた声は、あのときの男の声とそっくりだ。

でも……そんなことがあるだろうか？

声のした方へ目をやると、〈幸せの館〉の入っているビルの裏口から、一人の男が出て来るところだった。

もちろん、それがあの男かどうか、全く分からなかった。あのときはコートを着て、サングラスをかけていたから、ろくに顔なんか見えなかった。

今、旬子の目の前を通り過ぎて行くのは、きちんとスーツを着込んだ、ビジネスマンという印象の男だった。足早に車の間を縫って、道を渡って行く。

まさか――まさか、こんな所であの男に出会うなんてことがあるわけない。いくら何でも……。

そのスーツ姿の男は、人の流れの中に見え隠れして遠ざかっていく。

旬子は、ほとんど自分でも分からない内に、その男を追って、歩き出していた。道を渡り、人の間を駆け抜けて、その男の背中をじっと見つめながら、必死で見失うまいとした。

数メートルの所まで近付いて、やっと息をつく。後はその男に足どりを合せて、歩いて行けばいい。

どこへ行くんだろう？

ともかく――今はその男を尾《つ》けて行くことで、旬子には目的ができた。

それが本当に「あの男」だという可能性は千に一つだろう。世間には、よく似た声、しゃべり方をする人はいくらもいる。

しかし、今の旬子は、自分のしたことへの償いのために、何かをしていることが嬉《うれ》しかったのである。たとえそれがむだになるとしても。

そのビジネススーツの男は、ビルの間の細い道へ、スッと入って行った。旬子は少し足を早めると、その道を、そっと覗《のぞ》いてみた。

――男の姿はなかった。

こんなことって……。

男がここへ入って、まだ何秒もたっていないはずだ。向う側へ抜けるまでには、何十メートルもある。こんなわずかの時間で、通り抜けられるはずがない。

でも、現に男の姿は消えてしまったのだ。少しためらってから、旬子は急ぎ足でその細い道を進んで行った。男がもう、向う側へ出たとしたら、急がないと追いつけない。

半分ほど来て、旬子はハッと足を止める。

どっち側も、のっぺりとした壁だとばかり思っていたのだが、途中、右側に、少し引っ込んで、小さな入口が造られていたのである。

手前からちょっと見ただけでは、よく分からない。旬子も少し頭をかがめないと入れないくらいの低い入口で、そこのドアが半分くらい開いていた。

ここへ入ったのだろうか？

旬子は、ドアの奥を覗いてみた。——ガランとした、コンクリートの通路に、ゴミのポリバケツがいくつか並べてある。人の姿はなかった。

ここへ入ったのかしら、本当に？

旬子は、ゆっくりとその中へ足を踏み入れた。——ゴミの匂《にお》いがプンと鼻をつく。

通路の奥は、またドアがあって、閉《し》まっている。あの向うは何だろう？
二、三歩進んだとき、突然後ろのドアがバタンと閉じた。
「キャッ！」

旬子は飛び上った。

男は、ドアのかげに隠れていたのだ。

「——何だ、女の子か」

と、その男は呆《あき》れたように、「誰かが後を尾けて来てたから、ここへ隠れたんだよ。何か用？」

「あの……」

旬子は、その男を、薄暗い明りの下で見た。

——あの男かどうか、まるで自信はない。

「ごめんなさい……。知ってる人かと思ったんです」

旬子は頭を下げた。「人違いでした。すみません」

「そうか」

男は笑って、「それならいいけどね。女の子に追っかけられるってのは悪い気持じゃないが、やっぱり嬉しくもないからね」

「はい。すみません」

旬子はホッとして、言った。「あの——もう行きます」

「そっちのドアから出た方が、表通りは近いよ」

と、男は奥のドアを指した。

「分かりました。本当にすみません」

旬子は男に背を向けて、足早に歩いて行った。すると——。

「君」

と、男が呼び止めた。

振り向いた旬子は、顔から一気に血の気がひくのを覚えた。

男はサングラスをかけていた。そして言った。

「これを、宍戸先生に渡してくれ」

あのときそのままの声、顔。

男は笑った。笑い声が、コンクリートの通路に反響した。

旬子は、真直ぐに奥のドアへと走った。だが――開かない！

力一杯ドアを叩く。

「誰か！　開けて！　助けて！」

と、叫んだ。

「むだだ」

と、男が言った。

振り向くと、もう男は目の前に来ていた。

「その向うは倉庫でね。人がいるのは、そのまた向う。いくら君が騒いでも、誰も聞いちゃくれないよ」

男は、ゆっくりと両手を伸ばして来た。

「やめて……。お願い……」

句子は、体がこわばって、手を上げることすらできなかった。ドアに背中を押し付けて、一ミリでも、男から離れようとした……。

「運が悪かったね」

男はそう言って、低い声で笑った。笑いながら、その両手はがっしりと句子の首に食い込んだ。


「――写真の灰から、何とか見られる絵がとれました」

と、弓江が言って、大きく引き伸ばした写真を、大谷の前に置いた。

「これか」

大谷は取り上げて、デスクの明りを近くへ持って行った。

「男と女。――輪郭は分かります」

「うん。ベッドで抱き合ってるところだな、これは」

「女の人はきっと、あの宍戸っていう先生の奥さんですよ」

「男の方は誰かな」

と、大谷はじっと見ていたが、「――とても顔は分からないね」

「ええ、それは無理です」

弓江は肯いて、「ただ、幸い写真の左端が少し焼け残ってたんです。それをできるだけ大きく、もう一枚に拡大してもらいました」

元の写真の隅、三角形に、わずかに焼け残った部分である。

「この黒いのは何かな？」

大谷は拡大鏡をとり出して、その写真を見た。「——これは……」

「私、思ったんですけど、二人のいるベッドの向うです。椅子の背にかけた上着じゃないかと思うんです」

「上着か！　なるほど」

大谷は、そのわずかな黒い部分を見ていたが、「——香月君！」

「はい」

「ここを見てくれ」

と、拡大鏡を渡す。「——この上着の、この辺り。ここはもしかして上着の内側じゃないか」

「そうですね。こっちと明るさが少し違います」

「そこに何か白っぽい点が見えるだろ？」

「ええ……。点がいくつか……つながってるように」

「上着の内側、その部分には、普通――」

「名前が縫ってありますね！」

弓江の目が輝いた。

「その部分、コンピューターで解析してもらってくれ。男の姓が分かるかもしれない」

「はい」

弓江が歩き出そうとしたとき、大谷の机の電話が鳴った。

「はい、捜査一課です」

と、弓江が取って、「――ええ、その子なら、この間。――何ですって？」

弓江が青ざめた。

「どうした？」

と、大谷が訊く。

「――すぐ行きます」

弓江は、受話器を置いた。「――警部、あの先生に手紙を渡した女子学生がいましたね」

「ああ、君が知ってたとかいう――」

弓江は、目をつぶって首を振ると、言った。

「──自殺しているのが、見付かったそうです」

切れたロープが、風で揺れていた。

「午後、クラブ活動があって──」

と、まだ目を赤くした女子学生が言った。「バレーの練習を終って、道具を運んでたんです。そしたら、ボールが一つ、落っこちちゃって、転って行って……。それを追いかけて、この校舎の角を曲ったら──。あの木の枝から……」

その女の子が言葉に詰って、ポロッと、また涙を流した。

弓江は、何とも言えず重苦しい気分で、その木を見上げていた。

首を吊《つ》っていたロープは、駆けつけた教師がカッターナイフで切ったのである。もちろん、救急車が呼ばれたが、もう手遅れだった。

「悲惨だな」

と、大谷が言った。

「ひどく責任を感じていましたもの」

と、弓江は言った。

風が冷たく吹き抜けて行って、枝に下ったロープを揺らした。枝の真下には、踏み台に使った椅子が、倒れている。

旬子の死体は、白い布で覆われて、地面に横たえられていた。

「家族には？」

「今、こっちへ向かっています」

と、弓江は言った。「——あ、あなたたちね」

二人の女子学生が、おずおずとやって来た。

「——気の毒だったわね」

と、弓江は言った。「いくつか、質問に答えてくれる？」

二人は黙って肯いた。——二人とも、目は泣きはらして真赤だ。

「今日、旬子さんは、学校へ来てたの？」

と、弓江は訊いた。

「いいえ……」

一人が答える。「休むからって、昨日……。旬子、すごくふさぎ込んでたから、少し休んだ方がいいのかな、とか思ってたんです。でも、まさか……」

声が震える。

「そう。――本当に残念だったわね」

弓江は、静かに言った。怒りはためておくのだ。いざというときまで。

「だけど――行かなかったのかなあ」

と、一人の子が言った。

「どこへ?」

「旬子、今日、〈幸せの館〉へ行く、と言ってたんです」

「あのサキさんの所へ?」

「ええ。サキ先生に悩みを打ちあけたら、少しは気持が楽になるかも、って言って。私たちも、そうしたら、って言ってたんで」

弓江は、少し考えていたが、

「あなたたち、辛《つら》いでしょうけど、旬子さんの服装とか持物を見てくれる?」

二人は顔を見合せてから、ゆっくりと肯いた。

弓江について、二人は、布で覆われた死体の所までやって来た。

弓江がそっと布をめくると、二人は、ギュッと手を握り合った。

「――この服装、どう思う?」

と、弓江は言った。

「たぶん……どこかへ出かけるときのです」

「あの〈幸せの館〉とかへ？」

「ええ、たぶん……」

「ね、カードを持ってない？」

と、もう一人が思い付いたように言った。

「そうだ。そのポシェットに、カードが入ってませんか？」

「カード？」

「〈幸せの館〉に一回相談に行くと、カードを作ってくれるんです。二回目からは、それを持って行くと、ちゃんと向うに記録があって、分かるようになってます」

弓江は、旬子のポシェットを開けた。——定期入れを開けると、プラスチックのカードが挟んであった。

「やっぱり！　旬子、あそこへ行くつもりだったんだ」

「いつも入ってるんじゃないの？」

「違います。学校は時々持物検査がありますから、そういうものが見付かると、うるさいでしょ。だから、行くときにしか持たないんです」

その口調は、確かなものだった。

すると、旬子は〈幸せの館〉へ行くつもりで家を出て、学校まで来て自殺したことになる。——弓江には、どうも引っかかった。

家族が来たら、遺書のようなものがあったかどうか、訊いてみよう。

もし、これが自殺でないとしたら？

弓江は、旬子の首から外したロープを、拾い上げた。そして、倒れていた椅子を起こして、上に乗ると、ロープの輪を自分の首の高さまで持ち上げた。

「何してるんだ？」

と、大谷が下から見上げる。

「見て下さい」

弓江は、切れたロープを一杯に伸ばした。上からぶら下がっているロープの端に、十センチ以上も届かない。

「旬子さんは、私とそう変わらない背丈です。この椅子に乗っても、ロープがこの長さじゃ、とても届きません」

「なるほど、つま先立っても無理だな」

大谷は肯いた。「不自然だな、それは」

弓江は椅子から降りると、旬子の靴の裏を見た。

「見て下さい、警部。靴の底、大して汚れていません。でも、ここまで歩いて来たら、必ず落葉の上を通っているはずです。靴の底に落葉の一つぐらい、くっついているのが当り前じゃないですか」

「うん。――香月君、これは……」

「ていねいに検死をしてもらう必要がありますわ」

と、弓江は言った。

「もしこれが――自殺に見せかけた殺人だったら……」

「犯人は、たぶん、宍戸先生あての手紙を、旬子さんに託した男でしょう。他には旬子さんが殺される理由なんて、考えられませんもの」

大谷は、少女の死体をじっと見下ろしていたが、

「――必ず犯人は挙げてやるからね」

と言うと、布で死体をそっと覆った。

弓江は、そっと口の中で付け加えた。

「犯人を見付けたら、ただじゃおかないわ……」

と――。

10 パーティ

本当に、お母さんったら、どうかしてる。

倉林良子は落ちつかなかった。――いや、落ちつく必要があるわけじゃない。むしろ、浮き浮きしていた方がいいのだ。こういうパーティでは。

母が仕事をしている業界のパーティに、良子も来ているのだった。ホテルの広いバンケットルームは、人いきれでむし暑いくらい。

しかし、会場を埋めている何百人もの客は、ほとんどが中年の男たち。良子は知っている顔もないし、ひたすら食べるしかなかった。料理はおいしかったし、それに客の大部分はアルコールばかりで一向に料理に手を出していないので、食べるものはいくらもあった。

母は――倉林文代は、さっきから、パーティ会場の中を飛び回っている。

仕事のためということもあるのだろうが、良子の目には、母がいつになくはしゃいでいるようで、ひどく不自然に映ったのである。

このところ、母は妙にふさぎ込んでいた。だから、元気になったこと自体は、喜んでいいのかもしれないが、それにしても、このはしゃぎようは、すこしまともじゃない。

母はもともとそうアルコールに強い方じゃないのだが、今夜はずいぶん飲んでいるようだ。もうやめて、と言ってやろうと思うのだが、その機会がうまくつかめないのである。

「――あら」

と、声がした。「良子さん？」

良子は振り返って、一瞬、その美しい少女が誰だか分からなかった。

「――ミユキさん！」

サキの娘である。――イヴニングドレスに身を包んだミユキは、輝くばかりに美しかった。

「すてきですね！」

「ありがとう」

ミユキは微笑《ほほえ》んだ。「一人で来てるの？」

「いえ、母と。——でも、母、すっかり酔っ払ってて」

「いいじゃないの。こういうパーティは気晴しのためにあるんですもの。お母様は大人よ。あなたが心配することないわ」

ミユキにそう言われると、良子も何となくそんな気になって、少しホッとした。

「ミユキさん……。どなたかご一緒なんでしょ?」

「ええ。父もたぶん、顔を出すと思うけど」

「サキ先生がみえるんですか」

「あちこち、結構知り合いが多いのよね」

「そうでしょうね」

そこへ、三つ揃《ぞろ》いに身を包んだ、いかにもビジネスマンというタイプの男がやって来た。

「ここにいたのか。捜したよ」

「あなたが、ちっとも相手してくれないからじゃないの」

と、ミユキは言った。「——あ、こちら倉林良子さん。この人、今日私をエスコートしてくれてる江田さん」

「どうも」

良子は、頭を下げた。

「やあ、若いね。——一六？」

「一七です」

「ちょっと」

ミユキが江田をつついて、「若い人が趣味なんだから」

と、にらんだ。

「いや、一七歳なんて、すばらしいじゃないか。一番輝いてる年齢だよ」

「あら、それじゃ一九はどうなのよ」

「それはまあ……。こっちも一番だ」

「いい加減なんだから！」

と、ミユキは笑った。「——ね、良子さんに何か食べるもの、取って来てあげて」

「あ、いいです。もう充分いただいてますから」

良子はそう言ったが、江田という男は、さっさと料理のテーブルの方へと人の間を巧みにすり抜けて行ってしまった。

「すてきな人ですね」

と、良子は言った。

「忙しくって、めったに会う時間もないの」

と、ミユキが肩をすくめる。

「でも——恋人、なんでしょ?」

訊《き》いた良子の方が赤くなっている。

「そんなんじゃないわ」

ミユキは笑って、「もし興味があるなら、貸してあげるわよ」

「そんな……」

良子は、声を上げて笑った。やっと気持が弾んで来たようだ。

「——はい、持って来たよ」

江田が、料理をいくつも皿に盛って、運んで来た。

「すみません」

正直なところ、お腹はほとんど一杯に近かったが、せっかく持って来てくれたのだ、食べないわけにもいかなかった。

ピーッという音がして、江田が顔をしかめる。

「やれやれ、ポケットベルなんて、犬につけた綱みたいなもんだね」

と、首を振って、「すぐ戻るよ」

「どうせ、『急な仕事が入った』でしょ」

と、ミユキが言った。

「いや、今日は何が何でも、断ってやる」

と言いつつ、江田は急いでバンケットルームを出て行った。

「――いつもこうなの」

と、ミユキは笑って、「デートの最中に、『ちょっと寄ってく所がある』とか言って、会社で一時間も仕事してたりね」

「忙しいんですね」

「そういうのが楽しいみたいね。でも、父とは妙に気が合って」

ミユキは、手にしたグラスを空にすると、通りかかったボーイに渡した。「良子さん、お腹一杯？」

「ええ、もう充分」

「どこかへ行かない？　こんなおじさんたちばかりの所じゃなくて」

「でも……」

「お母様は大丈夫よ。却《かえ》って一人にしてあげた方がいいかもしれないわ」

良子は、ちょうど母の笑い声を耳にして、振り返った。母は、三、四人の男たちとにぎやかに笑い合っている。いつも見なれた母の、別の顔だった。

「――私は、いいですけど」

と、良子は言った。「でも、ミユキさん、江田さんが――」

「あれはどうせ消えるわよ」

と、ミユキが言うと、すぐに当の江田が戻って来た。

「なあ、ミユキ君。今、本社に突然ファックスが入ってね――」

「すぐ本社へ戻らなくちゃ、でしょ?」

「ああ――そうなんだ。悪いね」

と、江田は頭をかいた。

「いいわよ。たまには、こんなこともあるわよね」

と、ミユキは皮肉って、「お昼を三回おごること」

「了解。――それじゃ、また電話するよ」

江田が急ぎ足で出て行く。

「お昼の約束が、もう三十回分は『貸し』になってるわ」

と、ミユキが言った。「じゃ、出ましょ」

「母に言って来ます」

良子はそう言って、母の方へと歩いて行った。「お母さん。――お母さん」

肩を叩《たた》かれて、やっと文代は振り向いた。

あの子、何て言ったのかしら?

倉林文代は、酔っていた。――今までも、酔ったことはあるが、こんなにひどいのは初めてだ。

でも、文代はちゃんと自分のしていることが分かっている――つもりだった。

ただ、良子が何と言って行ったか、よく聞こえなかっただけ。そうなのだ。

誰だかと会った、って……。こんなパーティに、良子の友だちが来てたのかしら?

二人でどこかへ行くとか……。そうよ。そう言ったんだわ。

ね、ちゃんと憶《おぼ》えてるでしょ? 酔っちゃいないのよ、私は。

良子は良子。――一七の女の子に、こんなおじさんばかりのパーティなんか、面白くもないだろう……。

私だって、と文代は思う。私だって、面白くない。何も、面白いから出てるわけじゃないのだ。

こうして、頭がしびれるくらいやかましい所にいると、何もかも忘れられそうなのだ。だから——。

でも、忘れただろうか？

いや、とてもだめだ。いくら酔ってもね。

——自分自身が、忘れたいと思っている内は、忘れられない。何も考えなくなったとき、いつの間にか忘れている。そんなものなのだ。

一人になって、文代はテーブルに手をついた。大分酔っている。急に酔いが回って来た感じである。

足もとが危《あやう》い。——大丈夫。

こんな所で、みっともなく転んだりしたら、後でみんなに何と言われるか。知っている人が大勢いるのだ。

しかし——文代は、思うように歩けなくなっていた。

壁に並べた椅子《いす》の方へ行って座ろうと思うのだが、真直ぐ進もうとすると、いやに足がもつれて、右へ左へ、フラフラと針路はふらつくのである。

「大丈夫ですか？」

と、腕をとってくれた人がいる。

どうもご親切に。——どこのおじさんかしら？

「倉林さん、大分酔ってますね」

名前を呼ばれて、文代は相手を見た。

若い。二七、八っていうところか。いや、もしかしたら三〇過ぎかもしれないが、どっちにしても、文代よりは若い。

三つ揃いでピシッと決めたその男。でも、どうして私の名前を知っているんだろう？

「あの……失礼ですけど……」

「ああ、お忘れでしょうね。以前仕事で一回だけお目にかかったんです。僕は江田といいます」

「江田さん。――ああ、江田さんね。その節はどうも」

誰だっけ、この少しにやけた二枚目は？

「かけますか？」

と、椅子の所まで連れてってくれる。「大丈夫ですか？　何か酔いざましでも、お持ちしましょうか」

「いえ、もう、本当に……」

一旦《いったん》腰をおろすと、二度と立てないくらいに疲れている。

やっと、とんでもなく無茶な飲み方をしたのだと気付いた。当分、ここでじっと座っているしかない。

「お疲れじゃないですか」

と、江田が言った。「もうお帰りになった方が」

「ええ……。でも、娘が――」

と言いかけて、良子が誰かと出かけてしまったことを思い出す。「ここで少し休みますわ。ありがとう」

「もし良かったら――お送りしますよ、お宅まで」

と、その江田という男は言った。

「いいえ、とんでもない」

「構わないんです。僕もどうせもう引き上げようとしていたところで。お宅はS区の方でしたよね」

文代はびっくりした。この人、私の家まで知ってる。――どこで会ったのかしら？

「行きましょう。車ですから、送ります」

「でも……申しわけないわ」

と言いつつ、文代は、江田という男に腕をとられて、歩き出していた。

「やあ、倉林さん」

と、途中で呼び止められる。

今度ははっきり見憶えのある顔だ。よく仕事をもらっている会社の社長である。

「どうも、いつもお世話になって」

少しシャンとして、何とか文代は挨拶《あいさつ》した。

「もう帰るのかね？」

「ええ……。少し飲み過ぎたようです」

と、文代は笑顔を作った。

「何だ、あんたと飲み明かそうと楽しみにして来たのに！——もう少しいいじゃないか」

と、文代の腕をとる。

「いえ、あの——」

と、文代は断ろうとして、ためらった。

独立で仕事をしている人間は、仕事をもらえなくなったらおしまい、という弱味をかかえている。拒むのも、ためらわれた。

「失礼」

と、間に入ったのは、江田だった。

「何だ、君は？」

と、社長は顔をしかめる。

「こちらをエスコートして来た者です」

「エス……コート？」

「もうお疲れなので、お送りするところなんです。ご遠慮願えませんか」

社長は、一瞬不愉快そうな表情を見せた。江田は、至ってそつのない口調で、

「パーティのマナーはもちろんご承知でしょう。女性をとことん酔わせるのは、マナーに違反していますよ」

「うん……。まあ、そりゃそうだな」

と、社長は渋々言った。

「いや、さすがによくお分かりですね。そのスーツやネクタイのご趣味から見て、とても洗練された方だと分かりました」

「そうか？　いや、これはね、なかなか組合せに苦労したんだよ」

「倉林さんは、明日もお仕事を控えてらっしゃいます。プロは、決して無理をしないものですよ」

「うん……。まあ、確かにそうだ。私も、この人のそういう所に惚《ほ》れとる」

「では、私がちゃんと倉林さんをお送りしますから」

「ああ、頼むよ、君」

と、その社長はすっかり寛大なところを見せるようになって、「じゃ、また仕事のできるのを、楽しみにしておるよ」

と、文代の肩を軽く叩いて、人ごみに紛れて行った。

「さ、行きましょう」

江田が促す。「また、あの手のに捕まると、厄介です」

「ええ……。どうもありがとう」

「礼を言われるほどのことじゃありませんよ」

と、江田は文代の腕をとって、ロビーへ出ながら言った。「正面玄関へ車を持って来ます。少し外の風に当られると、気持がいいかもしれませんよ」

――その通りだった。

玄関の広い車寄せに立っていると、冷たい風が熱した頰《ほお》を冷ましてくれる。

それにしても――何てスマートな人なんだろう？

あのしつこい社長を、うまく言いくるめて、しかもあっちにも満足感を与えてやった。——誰にでもできることではない。

江田……。何の仕事で一緒だったんだろう？　どうしても、文代には思い出せなかったが——。

赤い外車がスッと目の前に停《とま》って、江田が助手席のドアを開けてくれる。

「ありがとう」

断る気はなかった。タクシー乗り場にも長い列ができている。あそこに並んでいたら、酔いが冷めるどころか、風邪をひいてしまいそうだ。

「少し背を倒しましょう。その方が楽だ」

江田が、助手席の背をスッと後ろへ倒してくれた。——快適だった。

「どうですか？」

「ええ。——とても楽」

と、文代は言った。「色々ありがとう」

「さ、行きましょうか」

車は滑らかに動き出した。

江田さん、っていったわね。帰ったら、名刺入れをひっくり返してみよう。一応、もらった名刺はとってあるんだから。

そう……。もう帰らなくちゃ。良子が帰ってるかもしれないものね。

良子……。どこへ行ったんだったかしら?

何か聞いたような気もするけど――。

そして……。

文代は、ふっと目を開いた。

「いやだ。――眠ってたのね」

と、体を起す。

助手席のシートベルトは外してあって、車は文代のマンションの前に停っている。

「目が覚めましたね」

と、江田が微笑んだ。「あんまりよく寝ていらっしゃるんで、起こしにくくて」

「ごめんなさい。つい……」

文代は、ダッシュボードの時計へ目をやった。「――ここへ、いつ着いたの?」

「三十分くらい前です」

と、江田は言ったが、実際はもっと前だったろう。

その間、じっと江田は待っていたのだ。文代が目を覚ますのを。

「――気分はどうです?」

と、江田が言って、「じゃ、僕はここで」

外へ出て、江田が助手席の方へ回って来ると、ドアを開けた。

文代は、車から出ようとしなかった。

「どうかしましたか」

と、江田が中を覗《のぞ》き込《こ》む。

文代は、江田にキスした。

「倉林さん……」

「お願い」

と、文代は言った。「どこかへ連れて行って」

「しかし——」

「やさしい人が必要なの。どうしても、今……」

江田は黙ってドアを閉めると、運転席に戻った。

車が走り出したとき、文代は、何のためらいも覚えていなかった……。

11
暗示

買物袋を抱えた江藤倶子《ともこ》が、階段を上って来て、足を止める。

「やあ」

と、弓江は言った。

「弓江……。どうしてここへ?」

と、倶子は言った。

「顔が見たくて」

と、弓江は言った。「買物? ずいぶん沢山ね」

「ええ。あの――」

「邪魔なら、出直すけど」

弓江の言い方が、「帰る」でなく、「出直す」になっていることに、倶子は気付いた様子だった。

「いいわ。でも、部屋が散らかってるの。少し待ってて」

と、倶子は言った。

「もちろん。──ここで待たせてもらってもいい?」

「ええ」

倶子は、アパートの部屋のドアを開けると、中へ入って行った。

弓江は、廊下の壁にもたれて待っていた。──五分ほどして、倶子がドアを開けてくれる。

「どうぞ」

弓江は、倶子のアパートに上がると、小さなソファセットに腰をおろした。

倶子は、すぐに紅茶をいれてくれた。

「──いつも、よく片付いてたじゃない、倶子の部屋」

と、弓江は少ししてから言った。「改めて片付ける物でもあったの?」

倶子は弓江を見て、

「どうして来たの? ここのアパートだって、あなたは知らなかったでしょ」

「私は刑事よ」

「弓江……。刑事として来たの?」

「刑事として。友だちとして。――その両方かな」

「よく分からないけど……」

弓江は、ちょっと息をついて、

「あなたの勤め先へ行ったわ。上役の人から話を聞いた。それからお昼休みに、OLの何人かにも、聞いたわ。全然違う話をね」

「それで？」

「聞いたわ。――山仲さんという部長さんとのこと」

倶子は表情をこわばらせた。

「そんなこと、弓江と何の関係があるの？」

「まあね。――倶子、昔から真面目《まじめ》だった。山仲って奴の方が悪かったんでしょ。よく分かってるわ」

「私はもう別れたのよ」

「知ってるわ。小切手を渡されて、引き裂いたって？」

倶子は、目を見開いた。

「――噂《うわさ》っていうのは怖いわよ。どんな細かいことも、見逃さない」

と、弓江はティーカップを置いて、「倶子、その山仲って男のことは忘れなさいよ。

憎んでも、あなたの方が傷つくだけだわ」

倶子は、体の力を抜くと、

「驚いた」

と、笑った。「弓江も、すっかりプロの刑事ね」

「まあね。殺人犯を捕えるのが、捜査一課の仕事」

「それで?」

「私、倶子を逮捕したくないの」

弓江はズバリと言った。

倶子は、じっと弓江を見つめていたが、やがて首を振って、

「私のことで、山仲から何か苦情が?」

と、訊《き》いた。

「いいえ」

「じゃ、どうして、わざわざこんな所まで——」

「倶子、〈幸せの館〉へ行ったでしょう」

倶子がハッとする。隠しようがなかった。

「それがどうかしたの?」

と、何とか平静を装おうとする。

「教えられて来たのね。山仲に呪いをかける方法を」

倶子は、声を上げて笑った。少しわざとらしいくらい、高い笑い声。

「弓江ったら！　本気で言ってるの？　刑事なのに、呪いなんてものを信じてるの？」

「信じてないわ」

と、弓江は首を振った。「もし、そんなものがあれば、楽かもしれない。倶子が、山仲って男を呪いで殺したとしても、法律上罪にはならないもの。でも、残念ながら私は呪いなんて信じてないの。だから、心配なのよ」

弓江は倶子の方へ身をのり出した。

「倶子。もし本当に山仲が死んで、それが他殺だったら、あなたに疑いがかかるかもしれないのよ」

そのとき、弓江は、突然ふらっとして、前のめりになるとテーブルに手を突いた。

「倶子……」

急に、目が回り出した。弓江は、足もとがグラグラと揺れるのを感じた。

地震だわ……。早く逃げなきゃ。——倶子、早く逃げて——。

弓江は、目の前がカーテンを下ろされたように、真っ暗になって、そのまま床に転るように倒れた。

倶子は、こわごわ、倒れている弓江に近付いた。

「弓江……。大丈夫?」

と、覗き込む。「弓江――」

「薬が効いたようだ」

と、声がした。

奥の部屋から、サキ・厳が現われた。

「先生……。弓江、死んじゃったみたいですけど」

「死んではいない。眠っているだけさ」

サキは、弓江を仰向けにした。

「本当に大丈夫なんですね」

「心配することはない。――君は外へ出ていたまえ」

「え?」

「これから、この娘に暗示をかける。それでこの娘は何をしにここへ来たか忘れてしまう。それがお互い、一番だよ。そうじゃないかね？」

「ええ、それは……。じゃ、私、外に」

「そう時間はかからないよ。十分ほどしたら戻っておいで」

と、サキは言った。

「はい」

「よく調べたもんだ。――確かに有能な刑事さんだよ」

「本当に――弓江のこと、大丈夫ですね。いい友だちなんです」

「心配するな。ただ、君の望みを叶《かな》えるには、この女刑事さんの記憶を消してしまう必要がある。分かるね？」

サキの言葉には、説得力があった。

「はい。じゃ、出ています」

と倶子は、玄関から出て行った。

サキは、倶子の足音が遠ざかるのを確かめてから、弓江の胸を開いた。

「さあ。――よく聞くんだ」

サキは、弓江の裸の胸に手を当てて、言った。「これから言うことを、決して忘れてはいけない……」

弓江の呼吸が少し荒くなり、かすかに首を左右に振った。

「聞こえるかね？」

弓江は頭が、わずかに上下に動いた。

「——よろしい」

サキの顔に、笑みが浮んだ。「いいか、君は、ある人間を憎んでいる……」

サキの言葉は、まるで無意識に聞く音楽のように、弓江の耳に注ぎ込まれて行った。


「——何してるんだ？」

大谷は、自宅の居間へ入って、びっくりした。

弓江が、ソファに横たわって、眠っているのである。

いつ入ったんだ？——大谷は、弓江の体を揺さぶった。

「香月君——香月君！」

弓江が目を開いて、当惑したように、大谷を見た。

「——警部」

「どうした？　何だか顔色が良くないよ」

弓江は、ゆっくり起き上って頭を押え、顔をしかめた。

「頭が痛いのか？」

「いえ……。何だか妙なんです」

「妙って？」

「何か――いつまでも声が頭の中で響きわたっているみたいで」

「声だって？」

「いえ――もう大丈夫です。すみません」

弓江は、息をついた。「ここ……お宅ですね。どうしてここへ来たのかしら」

と、当惑している。

「疲れてるんだ。気にするなよ」

「すみません……。いつの間にここへ……。でも、勝手に入ったのかしら？」

「大方、お袋が、鍵《かぎ》をかけ忘れてたのさ」

と、大谷は言った。「起きられるかい？」

「ええ。――もし、キスして下さったら、もっとスッキリすると思いますけど」

大谷は、ちょっと笑って弓江にキスした。

二人の唇が静かに触れ合っていると――ふと、誰かの視線を感じた！

パッと離れて振り向くと、

「ママ！　黙って見てたのかい？」

「当然でしょ。お邪魔しちゃいけないものね、恋人同士は」

　と、大谷の母は冷ややかに言った。

「申し訳ありません、お母様」

　と、弓江は急いで詫《わ》びた。

「いいえ。どうせ私がこの家の邪魔者だということを、見せつけたかったんでしょう？」

「そんなこと――」

「ママ、香月君は疲れてるんだ。何しろ、連日休みなしだからね」

「いつも弓江さんの味方をするのね。私が今まで一人であんたを育てて来たことを――」

「お母様、もう失礼しますから」

　と、弓江が急いで言うと、

「いいわよ。――ケチで夕食も出さないなんて、あちこちで言いふらされても困るしね」

「そんな……」

「夕食、食べてらっしゃい。大丈夫よ、毒は入ってないからね」

弓江はドキッとした。そして、ドキッとしたことで驚いた。

大谷の母のやり方はいつも同じだ。しかし最終的には、弓江にも暖かく（というのは少々お世辞だが）接してくれる。

「君、今日どこかへ行くと言ってたね。どうだった?」

「はあ……」

弓江は恥ずかしそうに、「どこへ行ったのかも、思い出せないんです。こんなことって――」

「いや、気にするなよ」

大谷は、弓江の肩を抱いた。「疲れてるんだ。少し休め」

「いえ、大丈夫です。――事件が解決するまでは休めません」

と、弓江はシャンと背筋を伸した。「警部、そういえば佃句子さんの死因、分かりましたか」

「うん……」

大谷は、気が重い様子で、「木に吊《つ》られる前に、殺されていたんだ」

と言った。

「やっぱり」

弓江は肯《うなず》いた。「何としても、犯人を挙げましょう」

「そうだ。しかしね、君には一日の休暇を命じる」

「警部――」

「命令だ。一日は何もかも忘れて、のんびりすること。いいね」

大谷の言葉は、暖かかった。

「分かりました」

と、弓江は言った。

ただ……何か、尖《とが》ったものでも飲み込んだように、胸はすっきりしなかった。


「そうですか。すみません。――いえ、いいんです。失礼しました」

倉林良子は、電話を切った。

ため息をついて、ソファに腰をおろす。

「どこに行っちゃったのかしら……」

母の文代が、ゆうべのパーティから戻って来ないのである。

良子自身も、ずいぶん帰りが遅くはなった。サキの娘、ミユキに連れられて、〈会員制〉の高級なサロンへ行ったり、その後、ディスコへ行って遊んだりして、大いに楽しんだ。

良子にとっては、久しぶりの息抜きでもあった。

ミユキは、慣れない良子にあれこれ気をつかってくれて、帰りもちゃんとこのマンションの前まで、車で送ってくれた。

もう夜中の二時近くになっていたので、良子はこわごわ玄関を入ったのだが――。

母はまだ帰っていなかったのである。

ホッとしたのも事実で、母が帰る前に、早いとこ寝てしまって、もっと早い時間に帰っていたことにしようと、シャワーを浴び、さっさとベッドへ潜り込んだ。

そして――今日は日曜日。

昼近くに目覚めた良子は、母の姿が見えないこと――どう見ても、ゆうべから戻っていないことを知って、心配になって来た。

一人で仕事をしている身だから、帰りが夜中になるのは、珍しいことではない。でも「帰らなかった」のは初めてだ。

良子は、ゆうべ、母がパーティでずいぶん酔っていたことを思い出し、もしや事故にでも遭ったのでは、と不安になったのである。

母の知人で、良子の知っている人の所へ、何軒か電話をしてみたが、誰も母から連絡を受けてはいなかった。

「――どうしちゃったんだろう」

と、良子は呟《つぶや》いた。

そして――車の音。

マンションの前に車が停ったようだ。良子は窓へと駆け寄って、カーテンを開け、下を見下ろした。

赤い外車らしい車。助手席のドアが開いて――母が降りて来るのを、良子は信じられない思いで見ていた。

運転席にいる人間は、上からでは見えなかったが、開けた窓に、片腕をかけているので、それが男性だということは分かった。

車が走り去る。――母は、しばらく、その車を見送っていた。

「お母さん……」

母がマンションへ入って来る。

良子は玄関へと出た。――母がエレベーターで上がって来て、靴音がすぐ前まで来ると、良子はドアを開けた。

「あら、もう起きてたの」

と、文代はバッグへ手を入れたまま、言った。「まだ寝てるかと思ったから、チャイム、鳴らさなかったのよ」

「お帰り」

と、良子は言った。

文代は、少し上気した頰を、つややかに光らせていた。

「いつ、帰ったの？」

「夜、少し遅かった」

居間へ、母について入って来ると、良子は言った。

「――お母さん」

「良子」

文代はコートを脱いで、ソファにかけた。「ごめんなさいね。心配した？」

「うん」

「私――ちょっとパーティで知り合った方とね……」

「いいよ、もう」

「良子」

文代は、娘の方へ振り向いて、「お母さんも寂しいことがあるの。誰かと一緒にいたいときが」

「私じゃだめなのね」

と言って、良子は笑った。

「良子……」

文代は、ホッとした様子で、「怒ってないの？」

「私はお母さんの娘で、恋人じゃないもん」

と、良子はいたずらっぽく言った。「でも、お母さん、凄《すご》くきれいよ、今日」

「そう？」

と、文代は赤くなった。「いつもはきれいじゃない？」

良子は大笑いした。文代も一緒に。

——もちろん、良子の中には、いくらか複雑なものもある。母が、男と泊って来たのだから。

しかし、母はずっと一人で頑張って来たのだ。それにこんなに活《い》き活《い》きした母を見るのは、久しぶりだった。

そう。——私は私。お母さんはお母さんだものね。お互い、干渉しちゃいけない範囲があるんだわ……。

「お母さん」

「何？」

「この次からは、ちゃんと泊るときは泊るって、連絡してよね」

と、良子は言ってやった。「不良中年なんだから」

「まあ」

文代は嬉《うれ》しそうに、娘をにらんだ。

12　不思議な声

山仲は、空っぽの会議室のドアを開けると、ついて来ている秘書の武田に、

「テーブルに、全部並べてくれ」

と言った。

「はい」

武田は、山仲がドアを押えている間に、中へ入った。――本来なら、武田がドアを開ける役だろう。しかし、武田は両手一杯に、ファイルを山とかかえていたのである。

「――窓側の席にしますか」

「うん。ドアが見える方に座る」

と、山仲は言った。「コーヒーを一つ、運ばせてくれ」

「かしこまりました」

武田は、会議室の細長いテーブルの上に、ファイルを番号順に並べた。「――こん

なもんでよろしいですか」

「ああ。もう行っていいぞ」

「はい」

山仲は、武田が汗を拭《ふ》きながら出て行くと、窓の所まで行って、外を眺めた。

快適とは言いかねる日だ。重苦しい灰色の空。外は寒そうだった。

今日はどうするかな。——夕食の約束はあるが、早めに終るだろう。女のマンションへ寄るかどうか。

たまの気晴しには便利だが、もう山仲はあの女に飽きて来ている。何といっても、倶子のような、人間的な魅力がない。

捨てておいて、勝手なものだ、と我ながら苦笑してしまうのだが、倶子はいい女だった。身をひくときは、山仲を困らせずに去って行った。

そう、ネクタイピン一つだけを持って。

今の女は……。たぶん、別れようと言えば金の話になりそうだ。

それも気が重い。いや、決して悪い女というわけじゃないのだが……。

山仲は、テーブルにズラッと並んだファイルを見て、うんざりした。これに全部目を通さなくてはならない。

部長として、月に一回、どうしてもやらなければいけない仕事である。といって、面白くも何ともない。

午後一杯、これをやっていたら、かなり苛々《いらいら》して来そうだ。あの女でも、そういうストレスの解消には役に立つ……。

山仲は、会議室の中の電話を取り上げた。

女のマンションへかけようとして、プッシュホンのボタンへ手を押したとき、クスクスと笑う声が、受話器から聞こえて来たのである。

何だ？　誰か使ってるのかな。いや、今の電話は、こんな風に他の通話が聞こえたりしないはずだが。

「何だと思ってるのかしら、自分のことを」

「ねえ、鏡を見たことないんじゃない？」

また押し殺した笑い声。

どうやら、女性社員同士のおしゃべりらしい。――全く！　仕事中に、会社の電話を使って。

誰の声なのか分からないが、それでもついじっと耳を傾けないではいられなかった。

「この間もね……」

声が小さくなって、聞きとれない。

「――それなのよ。部長っていっても、先が見えてるわけじゃない？」

「そうそう。もう出世は打ち止めだもんね」

部長だって？　山仲はドキッとした。もちろん、部長は大勢いる。自分のことではないにしても――。

「本人はそう思ってないのかも。若くて部長になったりすると、えてして自信過剰になるでしょ」

「あの人もそういうタイプね。女はみんな俺《おれ》に憧《あこが》れてる、とか思ってる」

「気取ってるじゃない、いつも。高い背広着て」

「アルマーニでしょ。似合うと思ってんだろね」

フフ、と笑う声。

山仲は、険しい表情になっていた。

若くして部長に。自信過剰。アルマーニのスーツ……。

これは、「俺のこと」を話しているんだろうか？

他に、そういう「部長」がいるか。――考えてみても、すぐには思い付かない。

「あの人、可哀そうだったわよね」

「江藤さん？　本当ね。部長のおかげで、人生をめちゃくちゃにされたようなもんでしょ」

やはり、そうか。これは俺の話なのだ。

畜生！　誰なんだ、一体！

そのとき、ドアをノックする音がして、山仲はパッと受話器を置いた。

女子社員がコーヒーを持って来たのである。

「ありがとう。そこへ置いてくれ。――ああ、そこでいい」

山仲は、一人になると、もう一度受話器を上げた。しかし、そこにはただ、いつもの聞き慣れた、ツーツーという発信音が聞こえているだけだ。

山仲は舌打ちした。

何となく、女の所へかける気も、失《な》くなってしまっていた。コーヒーをガブ飲みして、一番端のファイルに向って座る。

ファイルを開け、その中身に集中しようと努力するが、何となく気がのらない。

あの妙な電話のせいである。

江藤倶子が可哀そうだって？　いや、あの女は、ちゃんと自分で納得していたのだ。

まあいい。言いたい奴には言わせておく。悪口を言われるってことは、ねたまれていることで、それはとりも直さず、俺が成功している証拠なのだ。

山仲は仕事に没頭しようと努力した。——少々困難だったが、何とか集中している内、余計なことは気にならなくなる。

そして、こんな退屈な仕事が、面白くさえ思えて来たのだ。どんどんはかどる。

午後一杯かかると思っていたのが、もっと早くすみそうな気配だった。

ホッと息をつくと、山仲は一息入れることにして、椅子から立ち上がると、伸びをした。

いや、そうだ。一気に片付けちまおう。

勢いのあるときにやってしまえば、能率も上る。——山仲が、再びファイルにとりかかろうとしたときだった。

隣の会議室から、甲高《かんだか》い笑い声が響いて来たのだ。

何だ？——ハッとして、山仲がそっちの方をにらみつけたが、壁を通してにらむわけにもいかず、数人の女性たちの笑い声は、入り乱れて、耳につくばかりだ。

何をやってるんだ！　仕事時間中に会議室で……。どうせ旅行の相談でもしているんだろう。

困ったもんだ。

他の部の女性を、あまり叱《しか》りつけるわけにもいかない。——山仲は仕事に戻ったが、隣の騒ぎは一向に静かにならない。

気にし始めると、やけにその笑い声が耳につく。たまりかねて、注意しに行こうと立ち上がったときだった。

ドアを軽くノックして開けたのは、秘書の武田だった。

「失礼します。部長、お客様です。S建設の方が——」

「おい、隣を静かにさせてくれんか」

と、山仲は言った。「やかましくて、仕事にならん」

「隣というと……」

「隣の会議室だ。ほら——」

と言いかけて、隣から、もう何も聞こえていないことに気付いた。

「今は、どの会議室も使っていませんよ」

と、武田は言った。

「そんなことはない！　女たちが勝手に何か集まって騒いでいたんだ」

「見て来ましょう」

武田が、タタッと駆けて行ったが、すぐに戻って来た。

「どうだ？」

「誰もいません」

山仲はフンと鼻を鳴らして、

「俺の声を聞いて、とっさに逃げ出したんだろう。――まあいい。S建設の誰だって？」

「松山さんです。設計の――」

「ああ分かった。すぐ行く」

武田が、

「応接室へお通ししておきます」

と言って、出て行った。

やれやれ……。

山仲はネクタイをしめ直し、頭を振った。来客か。――気分転換になっていいかもしれない。

そして、会議室を出たとき――。

フフフ……。

女の忍び笑いが聞こえたのだ。はっきりと。

山仲は大股に歩いて行って、隣の会議室のドアをパッと開けた。

「おい！」

――空っぽだった。

山仲は、呆気《あっけ》にとられて、会議室の中を見渡した。こんなことが……。

すると――今度は、たった今まで山仲のいた会議室の方から、楽しげな女の笑い声が聞こえて来たのである。

「何だ、これは！」

駆け戻ってドアを開けると、笑い声はピタッと止った。

山仲の顔から血の気がひいた。――幻聴？

俺は、どうかしちまったんだろうか？

急いで電話へ駆け寄ると、女のマンションへかける。

「はい……」

と、眠そうな声。

「俺だ。今夜行くからな」

「あら、珍しい。――ねえ、どこかで食事しよ。夜遅くても開いてる店、あるじゃないの」

「うん。いいとも。九時ごろには行く。一戦交えて、腹を空かしてから出よう」

女はクスクス笑って、

「いいわ。じゃ、待ってる」

「ああ。ちゃんとシャワーを浴びとけ」

山仲は、少し自分をとり戻した。

そして廊下へ出て歩いて行く。

ふと、背後に何かの気配を感じて、振り返った。

会社の廊下に、いるはずのないものが見えた。――馬だ。

大きな馬が、じっと山仲の方を見ている。

目を閉じて、山仲は激しく頭を振った。もう一度目を開くのが、怖かった。

開けると――馬は消えていた。

今のは何だ？　幻だったのか。どうして俺がそんなものを見なきゃいけないんだ？

誰も、答えてはくれなかった。

「部長」

武田に呼ばれて、山仲は飛び上がるほどびっくりした。

「どうかしましたか」

と、武田の方が面食らっている。

「何でもない」

今、ここに馬がいなかったか？　そんなことを言ったら、どう思われるだろう。

山仲は、一つ深呼吸すると、

「行こう」

と、武田を促して歩き出したのだった……。


「お母様」

と、弓江は言った。

「あら、弓江さん」

台所にいた大谷の母は、ガステーブルにかけた小さな鍋《なべ》をかき回していた。

「――今日はお休みをいただいたんです」

と、弓江は言った。

「そうらしいわね。――今、努ちゃんのお弁当のおかずを作っているの。どう？」

「すてきな匂《にお》いですわ」

「でしょ？　努ちゃんの好みにピタッといつも合せるのは、これでなかなか難しいのよ」

　と、大谷の母は言った。

「そうですね」

　弓江の目は、調理台に置かれた包丁へと向いていた。

　包丁の白い刃が、ちょうど光を受けて光っている。弓江は、いつの間にかそれを手に取っていた。

　きっと切れるでしょうね、これ。

　そう。野菜もお肉も。――そして人間も。

　弓江は、大谷の母の背中へ目をやった。

　――邪魔なものは、取り除くのです。

　邪魔なものは……。そうだわ、私には幸せになる権利がある。

　そのためなら、何をしても許されるのよ。

「弓江さん」

　大谷の母が、背を向けたまま言う。「お弁当箱をとってくれる？　いつものやつよ。分かるでしょ」

「はい」

この人だ。この人のおかげで、私の恋は実らずに終わってしまうかもしれない。そんなことは不当だわ。

そう。——障害は取り除けばいい。

取り除けば……。

「見付かった?」

大谷の母が振り向くと、弓江の手にある包丁を見て、目を丸くした。「弓江さん」

「お母様」

と弓江は言った。「あなたのせいです。あなたがいけないんです」

そして弓江は、その包丁で、大谷の母の胸を突き刺した。

「お母様!」

パッと起き上って、弓江は叫んでいた。「大丈夫ですか! 私……」

と言って……。

自分一人だ。——自分の部屋。

「夢だったんだわ」

と、弓江は呟いた。

びっしょりと汗をかいている。

でも——何てひどい夢を見たんだろう?

弓江は、強く頭を振った。充分に眠ったはずなのに、頭はひどく重い。

それにしても……。あの手応え。包丁を、力一杯、大谷の母の胸に突き刺したときの、あの感覚を、今も思い出すことができる。

何と生々しい夢だったんだろう。

それとも——まさか!

まさか、あれが事実だったなんてことが……。

弓江は大谷の命令で、休みをとっていた。ゆっくり眠って、体と神経を休めるはずだったのだが……。

弓江は急いで起き出した。

シャワーを浴びて汗を流すと、外出の仕度をして、急いで自分の部屋を飛び出したのだった……。

13 迫る影

玄関のチャイムを鳴らすのに、弓江はしばらくためらっていた。

もしかして――血まみれの大谷の母の死体を見付けるかもしれないという気がして。

しかし、思い切ってチャイムを鳴らすと、すぐに、

「はい」

と、大谷の母の声がした。

良かった……。弓江は胸をなでおろしたのである。

「――あら、弓江さん」

大谷の母が、しゃもじを手に立っていた。「入って。今、努ちゃんのお弁当を作ってるの」

「お邪魔します」

弓江は上がって、台所へ入って行った。

「今日はお休み？」

「ええ」

弓江はバッグを椅子の上に置いた。

「どう、この匂い？」

大谷の母は、小さな鍋をかき回していた。

「すてきな匂いですね……」

「努ちゃんの好みにピタッと合せるのはね、結構大変なのよ」

弓江は、調理台へ目をやった。そこには包丁が、白く光っていた。

「弓江さん、お弁当箱を取ってくれる？」

と、大谷の母が、弓江に背を向けたまま言った。「いつものね。分かるでしょ？」

「はい……」

弓江は、夢をもう一回通り抜けていた。

――そう、これが運命だったのかもしれない。人間の力では、どうにも避けること
のできない運命……。

「見付かった？」

と、大谷の母が振り向く。「どうしたの？　その包丁が、どうかした？」

「いいえ」

　弓江はパッと包丁を置いた。「お弁当箱ですね。――はい」

「ありがとう。あなた、どこかへ出かけるの？」

「いえ……。本当は、捜査が気になりますから、出勤したいんですけど」

「努ちゃんが休めと言ったんでしょ。じゃ、休まなくちゃ、あなた、良かったら留守番しててくれる？」

「ここで、ですか」

「ええ。刑事さんの留守番なら、安心ですものね」

「分かりました」

「じゃ、お願いね」

大谷の母は、さすがに手なれた感じで、お弁当をつめると、一旦奥へ引っ込み、すぐに出かける仕度をして戻って来た。

「じゃ、よろしくね」

「はい。――行ってらっしゃい」

弓江は、大谷の母が出かけて行くと、台所の椅子に腰をおろした。

――何をしようとしたんだろう？ こんな包丁なんか持って。

まさか！　いくら何でも、大谷の母を殺そうなんて、私は思っていない。——そうよ、とんでもない！

弓江は、何とか気持を落ちつかせようとした。不安に追われて、逃げ回りたかった。

居間へ入って、ソファに身を沈める。

少し気分が良くなって来ると、眠気がさして来た。

ウトウトと……。ソファで弓江は眠っていた。

すると——夢の中でか、現実にか、電話が鳴り出して、弓江はそれを取った。

「はい」

「障害はとり除くのだ」

と、穏やかな声が聞こえる。

「ええ」

「いい機会だ」

「え？」

「一人で、憎い相手の家にいる。相手の身につけた物を、手に入れる絶好の機会だよ」

そうだわ。こんなチャンスはまたとない。

「でも……」

「何をためらっている？」

「こんなことをしていいんでしょうか？」

「当然だ」

と、その声は言った。「自分の身を守ることにもなるんだよ」

「守る……？」

「君の憎む相手は、君の大切にしている物を手に入れた」

「何ですって？」

「君のバッグを見たまえ。いつも使っていたボールペンがなくなっている。相手はそれを使って、邪魔者、つまり君を殺そうとしているんだよ」

「まさか」

「本当だ。――いいね。これは正当防衛なんだ」

「正当防衛……」

「手に入れろ。相手の大切な物を。――君の障害をとり除け」

電話が切れる。――弓江は、受話器を戻して、再びまどろんだが……。

やがてハッと目覚めると、反射的にバッグを開けて、中を探っていた。

「——嘘《うそ》だわ」

　ボールペンは確かになかった。

　いくら何でも、そんなことが……。

　大谷の母が、弓江に呪いをかける？　まさかそんなことが——。

　弓江は立ち上った。そして、台所へ入って行くと、小物を入れる小さな引出しを、そっと開けてみた。

　そこに——カードがあった。〈幸せの館〉のカードが。

　これは夢でも何でもない。——大谷の母は、あそこへ行ったのだ。

　弓江は、よろけるように居間へ戻って、ソファにぐったりと身を沈めた。

　——正当防衛。

　その言葉が、弓江の頭の中で、いつまでも響いていた……。

「——これはどうも」

　と、サキは大谷を見るとちょっと眉《まゆ》を上げた。「大谷警部さんでしたね」

「仕事中、申しわけありません」

　と、大谷は言って、〈幸せの館〉のサキの部屋の中を見回した。

「いかがです？」

と、サキは微笑んで、「毎日、大勢の少女がここへやって来ます。様々な悩みをかかえてね」

「僕も悩みはかかえているんですがね」

と、大谷はソファに腰をおろした。

「ミユキ。——紅茶でもさし上げてくれ」

いつの間にか、ミユキが入って来ている。

「娘のミユキです。大谷警部さんだ」

「どうも」

大谷はその美少女にちょっと会釈した。

ミユキは静かに出て行く。ほとんど足音というものをたてない。

「——今日はお母様は？」

と、サキが訊いたので、大谷は少々赤くなった。

「いや、全く、困ったもんです。いつまでも子供扱いで」

「親というのは、そんなものです」

と、サキは言った。

「ところで――」

と、大谷は座り直して、「佃旬子という娘を知っていますか。ここの客だったのですが」

サキは、ちょっと考えて、

「さて……。何しろ大勢やって来ますのでね。――佃旬子。ああ、高校生ですな、いつも三人組でやって来る」

「そうです」

「思い出しました。まあ、相談の中身は、他愛のないことで、おしゃべりをして帰って行くという具合ですが……。その子がどうかしましたか」

「自殺したのです」

「何と」

サキの顔が、少しかげった。「どうしてまた――」

「大変悲惨な話でして」

大谷が、宍戸とその妻子殺しの事件を説明すると、サキは肯いて、

「その記事は見ました。では、その生徒さんが？――何ということだ」

ミユキが、またいつの間にかそばへ来ていて、

「可哀そうにね。ずいぶん悩んだんでしょう」

と言いつつ、ティーカップを大谷の前に置いた。

「どうも。——ところで、佃旬子のバッグに、こちらのカードが入っていたのですが」

「ああ、それはそうでしょう。女の子はたいてい、そういうものを何枚も持って歩くものです」

「ところが、佃旬子の場合はそうではなかったらしいのです」

と、大谷は言った。「友だちの証言ではっきりしています。ここへ来るときだけ、カードを持っていたということです」

「ほう」

「その日、こちらへは来ませんでしたか」

「ミユキ、記録を」

「はい」

ミユキが、すぐにファイルを持って、戻って来た。「——来ていないわ」

「うむ。——そうだな。警部さん、残念ながら、その日はここへ来ていません。来てくれれば、何とか思い止まらせることもできたでしょうが」

「そうですか」

大谷は肯いて、「しかし妙な話です。ここへ来るつもりでカードを持って家を出ながら、学校へ行って首を吊った。——なぜ気が変わったのでしょう?」

「さて、そこまでは、私にも分かりませんな」

と、サキは首を振った。

「ここへ来てもむだだと思ったのか、それとも——」

「それとも?」

「来る途中で何かあったのか、ですね」

と、大谷は言った。

「たとえば、どんなことが?」

「さあ。——それは、これから調べることです」

と、大谷は言って、「もう一つ、伺いたいことがあるのですが」

「何でしょう」

「この女性に見覚えは?」

大谷が写真をとり出して、サキへ手渡す。

「よく見て下さい。少し若いころの写真ですから」

「さて……」

サキは首をかしげて、「記憶にないようですが」

「その女性は、宍戸という教師の奥さんです」

「ああ。——その、夫に殺されたという」

「そうです。全く悲惨な話ですよ。確かに、赤ん坊は他の男の子だったかもしれないが……。その償いはあまりに苛酷《かこく》でした」

「同感です。——しかし、どうして私がこの女性を知っていると思われたのですか？」

サキが写真を返す。大谷は、写真をポケットへ戻して、

「実は、脅迫に使われたと思われる写真の灰を、コンピューターで復元してみたのです」

と、言った。「男と、この女性がベッドにいる写真で、男の顔までは分かりませんでした。しかし、隅の部分が焼け残っていたので、そこを拡大してみると、男の上着が写っていたんです」

「ほう。しかし上着だけでは——」

「その内側が見えていました」

大谷は続けた。「――お分かりでしょう?」

と、自分の上着の内側を見せて、

「ここに、名前の縫いとりがあります。そこを拡大してみたところ、男の姓が〈吉川〉だったことが分かったのです」

少し間があった。

「――吉川、ですか」

と、サキが肯いて、「そう珍しい名ではありませんな」

「確かに。しかし、ここの事務局長の吉川さんは不可解な自殺をとげている。しかも、銃まで持っていた。そして、吉川という男性と関係のあった教師の妻は、写真を種に脅迫され続けていた。その写真を教師へ渡した少女は自殺した。その少女は、ここへ来るつもりで家を出たのに、なぜか途中で気が変わったらしい。――妙なことが続いていると思いませんか」

「そうおっしゃられると、そんな気もしますな」

と、サキは言った。「しかし、偶然ということもあります」

「確かに。――我々は、偶然でないという前提の下に、捜査を進めるつもりです」

「お力になれれば幸いですな」

「ぜひ、よろしく」

サキと大谷の間に、緊張が走った。

「――吉川さんが、その女性と親しくしていたという話は、ご存知ありませんか」

「いや……。吉川には若い妻がいましたからね。まさか、と思いますが」

「なるほど。――まあ、同姓の別人だという可能性もあるにはあります。今、この教師の奥さんの付合っていた相手について、調査を進めているところです。どんなに隠しているつもりでも、誰か見ている人間はいるものですからね」

「そうかもしれませんな」

「では」

と、大谷が立ち上がって、「――失礼しました。また、何か思い当ることでもありましたら、ご連絡を」

「ご苦労様です」

と、サキは言った。「紅茶を召し上がりませんでしたね」

「これは失礼。今日は仕事でやたら色々飲んでいましたのでね」

大谷は、会釈して外へ出た。

大勢の少女たちが、列を作っている。大谷は階段を下りて行った。

ビルを出て歩いて行くと、

「――警部さん」

と、声がして、振り向く。

ミユキが小走りに追って来たのだった。

「何か?」

「あの――お話、聞いてました」

と、ミユキは少し息を弾ませて、「私……父のことで……」

「お父さんの?」

「父は――吉川さんの奥さんと――その――親しかったんです」

「なるほど」

「どっちが先なのか、私には分かりませんけど、吉川さんも外に女性がいて、父は吉川奈々子さんと……。若い奥さんでしたから、吉川さんが忙しすぎるのが不満だったみたいです。会うとよくグチをこぼしていました」

「奈々子さんとは、今も?」

「父ですか?――たぶん」

と、ミユキは肯く。「今夜、父は仕事で会食だと言ってますけど、たぶん奈々子さんと会うんじゃないかと思います」

「分かった。ありがとう」

大谷は微笑んだ。「どうして僕にそのことを?」

ミユキはポッと頬を染めると、

「私、大谷さんみたいな人、好みなんですもの」

と、言った。

「そりゃどうも」

「じゃ、これで」

ミユキが駆けて行く。大谷は、それを見送っていたが、やがてちょっと肩をすくめて歩き出した。

――ポケットの写真。あの教師の妻の写真を、サキは手に取って見ていた。

サキの指紋がついているはずだ。――サキは果して何者なのか。

大谷は車の方へと足を早めて戻って行った……。

14　馬

「どうしたの？」

と、女は言った。

まだベッドで、ぐったりしたままである。

「帰るのさ。見りゃ分かるだろ」

と、山仲は言って、ネクタイをしめた。

「そりゃ分かってるわよ」

と、女は言った。「そうじゃなくて……。何かあったの？」

「どうしてだ？」

「だって――いつも、こんなに無茶苦茶しないじゃないの」

山仲は笑って、

「元気が余ってるのさ」

と言った。「もう一回戦やるか?」

「とってももたない」

と、女が言って笑った。「——また来てよね」

「ああ」

山仲は、札入れから、一万円札を何枚か出して、「——何か買えよ」

と、テーブルに置いた。

「ありがとう。タクシー、呼ぶ?」

「いや、適当に拾うさ」

と、山仲は上着を着ながら言った。

「今、何時?」

「十二時だ。いや、そろそろ十二時半か」

山仲は、コートを手にかけると、「じゃ、行くよ」

「送らない。起きる元気ないから」

と、女はベッドの中から手を振った……。

——山仲は、大股《おおまた》に歩いて行く。

夜の道は人通りもなく、静かだった。

山仲は、すっかりいつもの元気をとり戻していた。昼間の、あの「幻聴」が何だったのか、よく分からないが、それも大して気にはならない。

女を抱き、思い切りエネルギーを燃焼させたことで、もうスッキリしていた。――我ながら単純だとは思うが、それでもいい。要は、自分が充分に元気であると信じられればいいのだ。

コートをはおって、少し寒いくらいの道を足どりも軽く歩いて行く。

つい、慣れない口笛でも出そうな気分だった。

武田の奴を待たせとけば良かったかな。

しかし――少し歩くのもいい。夜風も快いものだ。

マンションの立ち並ぶ道に、自分の足音が反響している。コツ、コツ、コツ……。

ブルル、と奇妙な音がして、山仲は振り返った。

そこに――馬がいた。

山仲は、何度も目をこすり、頭を振った。何だ、これは？

会社の廊下でも見たが、もちろんこんなものは幻覚か何かで……。現実の物じゃない。

こんな所に馬がいるわけがないだろう。

「消えろ！」

と、山仲は怒鳴った。「行っちまえ！　お前なんか、怖くないぞ！」

馬は、二頭になっていた。ハアハアと白く息を吐き出しながら、じっと山仲を見つめている。

「向うへ行け！」

山仲は、そう怒鳴っておいて、パッと馬に背を向けて歩き出した。

カッカッカッ……。馬のひづめの音が、ついて来る。

気にするな。――幻だ。あんなもの、無視していろ。

早足に進んで行く。

ドドド……。背後の足音が、大波のように盛り上って来た。

振り返って、山仲は愕然《がくぜん》とした。

十頭か、二十頭か、馬が群をなして、迫って来るのだ。地響きがして、大地が揺れるようだった。

山仲は駆け出した。

「助けてくれ！」

と、走りながら叫んだ。「誰か！　助けてくれ！」

ドドド……。背後の音の波は、どんどん迫って来ていた。

山仲は喘《あえ》いだ。心臓が――苦しい。

こんな……こんなことが……。

「助けて――」

トラックの前に、山仲は飛び出していた。

ブレーキが鳴った。ガツン、と鈍い音がして、山仲の体は宙を飛んで、数メートル先に転った。

トラックの運転手があわてて降りて来ると、倒れた山仲の方へ駆け寄る。

「おい！――しっかりしろよ！　何だって……。おい、大丈夫か」

大声で呼びかけると、山仲は、かすかに目を開けた。

「馬が……」

「何だって？」

「馬が……追って来る……」

と、呟《つぶや》くように言うと、ガクッと山仲の頭がのけぞった。

「馬がどうしたって？」

運転手は周りを見回した。

夜道は静かで、人っ子一人、見えなかった……。

倉林文代は、マンションのロビーへ入って、欠伸《あくび》をした。

このところ、やたらと忙しい。——娘の良子がよく分かってくれているから助かるのだが、それでも疲れがたまってはいるようだ。

郵便受を覗《のぞ》くと、白封筒が入っていた。

郵送されたのではなく、誰かが直接入れて行ったらしい。ダイレクトメール？　しかし、ちゃんと、〈倉林文代様〉とワープロで打ってある。

文代は、エレベーターに乗った。

——思い出す。あの江田という男のことを。

「これきりにしましょうね」

そう言ったのは、文代の方だった。

自分でそう言った手前、江田を誘うわけにもいかない。——それに、大体、江田の連絡先も分からないのだ。

家の名刺を全部出してみたが、江田のはなかった。もちろん、中には捨ててしまったのもあるから、たぶんその中に入っていたのだろう。

もし江田と連絡をとりたければ、方法がないわけではない。あのパーティを主催した所へ問い合せることもできる。勤め先だけでも分かれば、捜すのはむずかしくない。

しかし、そこまでするのは、ためらわれた。——のめり込んで行くのが怖かったし、それに、あんまり文代が夢中になると、今度は江田の方で敬遠してしまうかもしれない。

そう。これきり思い出にしてしまうのがいいのかもしれない……。

「——ただいま」

と、玄関を入ると、

「お帰り」

風呂《ふろ》上がりで、バスタオル一つの良子が出て来た。

「何よ、その格好。風邪ひくわよ」

と、文代は笑って言った。

「お風呂入ったら？　まだ熱いよ、充分」

「そうね。そうしようかしら」

と、文代は言った。

寝室へ入って、スーツを脱ぐと、ホッと息をつく。——ベッドに腰をおろして、肩をもんでみた。

そう。——このまま、すぐにお風呂へ入った方が良さそうだ。

ふと、白い封筒に目が行く。

文代は、封を切ってみた。中から出て来たのは——二枚の写真だった。

文代の顔から、血の気がひいた。

こんなこと……。こんなものが……どうして？

「お母さん」

と、良子が入って来る。

文代は急いで写真をベッドの毛布の下へ押し込んだ。

「どうしたの？」

「明日、学校でお金集めるの。三千円、ちょうだい」

「ああ……。台所の引出しの財布から、持って行ってくれる？」

「うん。出していい？」

「いいわよ」

「じゃ、千円余計に。お昼代、足んなくて」

「ええ、いいわ」

パジャマを着た良子が出て行くと、文代はそっと写真をとり出した。

夢でも何でもない。――これは、どうしたんだろう？

自分が写っている。ベッドで、男に抱かれている。その男の顔も、はっきりと分かる。

その男は――あのタレント、心臓発作で死んだ、田崎建介だった……。

そして、文代は白い封筒の中に、もう一枚、手紙らしいものが残っているのに気付いた。

開いてみると、ワープロの文字で、

〈この写真が、娘さんの目に触れると、娘さんにとっては、大変なショックだと思われます。写真、及びネガを、二百万円にて、お渡しします。一週間後に、連絡します〉

――文代の手から手紙が落ちた。

「――警部」

と、弓江は声をかけた。

「やあ、来たのか」

大谷は、笑顔で言った。「――どうだ？　少しは休めたかい？」

「ええ、何とか」

弓江は、肯《うなず》いて見せた。

胸にわだかまった重苦しいものは、じっと押し隠している。

「妙な話だ」

と、大谷は、デスクで報告書を見ながら言った。「トラックの前に飛び出してはねられたんだが、死にぎわに、『馬が追って来る』と言ったんだそうだ」

「馬ですか？」

「運転手には、はっきりそう聞こえたらしいんだがね。しかし、そんな町の中に馬がいるわけもないし、現にそばには人っ子一人いなかったんだ」

弓江は、死んだ男の名前を見て、ふと眉《まゆ》をひそめた。

「山仲……ですか」

「うん。山仲忠志。どうかしたかい？」

「いえ……。どこかで聞いたことがあるみたいで」

弓江はじっと考え込んだが、「――すみません、どうしても思い出せなくて」

「身許《みもと》がはっきりしたら、思い出せるだろう。持っていた名刺では、どこだかの部長らしい。愛人のマンションへ行っての帰りだった、ということだ」

「部長……。そうだわ」

弓江は、やっと思い出した。「この人、倶子の上司でした」

「倶子？」

「ええ。――私の友だちの。でも……何だか……」

弓江は急に激しい頭痛におそわれて、よろけた。

「おい！　大丈夫か？」

大谷がびっくりして、「座って。――横になるか？」

「いえ……。大丈夫です」

弓江は、息をついて、「ボールペン……」

と、呟いた。

「何だって？」

「え？」

「いや、今、ボールペン、とか言わなかったかい」

「そうですか？」

弓江は、ぼんやりと大谷を見ていた。

ボールペン。——何だったろう?

そう。失くなったのだ。ボールペンが。

弓江は、バッグをそっと手で押えた。

正当防衛よ。そうなんだわ。

そこへ、

「努ちゃん!」

と、元気な声がして、大谷の母がやって来ると、「お弁当よ!」

と、包みを高々と持ち上げて見せたのだった。

15　後悔のとき

誰が初めに気付いたのか――。

江藤倶子が、黒いスーツで受付へと歩いて行くと、集まっていた社員たちの間に、かすかなざわめきが広がった。

もちろん、告別式の席である。声高に話す者はいないが、低い囁《ささや》き声も、五人、十人と重なれば、誰しもの耳をひくことになる。

「よく来たわね……」

「どんな顔で焼香するのかしら」

「未亡人の目の前でよ」

――倶子は聞いていた。ちゃんと聞こえていた。

しかし、過去は過去。今は、山仲の遺影に焼香する。――そのどこがおかしいのだろう。

倶子は、受付の女性たちの少し後ろに立っている秘書の武田に気付いたが、目を合せないようにして、そのまま山仲の家の中へ上る。

ビニールシートを敷いて、靴のまま居間へと上れるようになっていた。

記名するとき、少しもためらうことのなかった倶子も、山仲の棺と遺影を正面に見て、一瞬、足を止めた。

死んだのだ。本当に。

倶子は、何てことないのよ、と自分へ言い聞かせた。そう。自業自得というのは、こういうことを言うんだ。

人を平気で傷つけ、踏みにじった男である。その報いは、現実の世界の中で受けるしかない。

私がやったわけじゃない。私はただ、その手助けをしただけで……。

倶子は、真直ぐに正面へと足を運ぶと、焼香し、両手を合せた。香の煙が、目にしみて少し痛かった。

倶子は、傍に並ぶ遺族の方へ、二、三歩足を進め、

「この度はどうも」

と、頭を下げた。「ご主人には何かとお世話になりました」

お世話に。——倶子は、皮肉のつもりで言ったわけではない。そう聞こえたとしても。

だが、そう言って顔を上げた倶子は……。倶子は、初めて山仲の妻を見た。

未亡人は、何も聞いていなかった。虚《うつ》ろな目で、倶子の方をぼんやりと眺め、

「恐れ入ります」

と、ロボットのように、機械的にくり返しているだけだった。

その未亡人のわきに、女の子が一人——たぶん、高校生だろう。黒のワンピースで、うつむき加減に座っている。膝《ひざ》に置いた白い両手が、ハンカチを引き裂かんばかりに、きつくきつく、左右に引張っていた。

目は赤く泣きはらしている。倶子は、体が震えた。

「——どうも、とんだことで」

次の焼香客の声に押されるように、倶子は遺族の前から立ち去った。

外へ出て、倶子は大勢社員の立っている正面の門へと歩いて行けなかった。わきへそれて、家の庭へ回る。細い道に入ると、塀にもたれて、何度も息をついた。

自分がこんなにショックを受けるとは、思ってもいなかった。笑ってやるつもりで来たのだ。

山仲が、どんな恐怖を味わって死んだか、遺影に向って訊《き》いてやりたいと思っていた。そして返事のできない山仲を、笑ってやろうと思っていた。しかし……。

あの、涙さえかれたような未亡人の様子、そして、必死でこみ上げる涙をこらえて、ハンカチをつかんでいた少女の小さく震える手……。

それは倶子の予期しないものだった。

倶子は、あんな卑劣な男の死を悲しむ人間がいるなどと、考えたこともなかったのだ。

どうせ家庭でも、妻や子のことなど、大切にしていなかっただろう。だから妻も子も、山仲の死で悲しみに打ちひしがれるなんてことがあるわけはない、と……。

だが——そうではなかった。

あの未亡人の、娘の嘆きは、嘘《うそ》ではない。山仲は、少なくとも家では良き夫、良き父だったのだろう。たとえそれが演技だったとしても……。

「——江藤さん」

気が付くと、武田がそばに立っていた。

「武田さん……」

「大丈夫かい？　顔色が良くない」

「ええ……」

倶子は深々と息をついた。「奥さんと――娘さんを見たら……たまらなくて」

「部長は、その辺、うまくやってたからね」

と、武田は言った。「僕もずいぶん、嘘のアリバイ作りをやらされたもんだ」

「でも――」

「今度も、女の所から戻る途中の事故だからね。奥さんだって、知ってるんだ」

「事故？」

と、倶子は言った。「事故かしら」

武田は戸惑ったように、

「そうさ。トラックにはねられたんだからね。それとも、君は――」

「何でもないの。もう行って。私、すぐに姿を消すから。心配しないで」

「うん。じゃ、まあ……」

武田は、ちょっとためらってから、「出棺がもうすぐだ。どうせなら、その後に帰った方が、目につかないよ」

と言った。

「ありがとう」

倶子は肯いて、「そうするわ」

武田は足早に戻って行った。

——倶子は、たとえあの妻が、山仲の浮気を知っていたとしても、それでも夫を愛していたのに違いない、と思った。

自分は——ただ山仲が自分を裏切ったということだけで、山仲を殺す権利があると思った。しかし、そうではない。

ああ、何てことをしてしまったのだろう。もう——手遅れだ。手遅れだ。

倶子は両手で顔を覆った。


「——失礼」

と、大谷努はその女性に声をかけた。

「は？」

帰りかけていた、黒いスーツの女性は、少し青ざめていた。

「警察の者です。——江藤倶子さんですね」

「そうです」

「山仲忠志さんの死について、どうもすっきりしない点がありましてね」

と、大谷は言った。「あなたは故人と関係があった。そうですね」

倶子は、黙って肯いた。

「いや、それをどうこう言ってるわけじゃないんです。ただ……山仲さんは、トラックの前に飛び出して来た。しかし、自殺でもなかったらしい」

「どういうことですか」

「死に際に、『馬が追って来る』と呟いたそうなんです。――何かその言葉に心当りはありませんか」

倶子は目を伏せて、

「さあ……」

と、首を振った。

「本当の馬が、町の真中にいるわけもありませんからね。『馬』というのが、何か別の意味――たとえば誰かのニックネームとか、そんな可能性もあると思いましてね。聞いたことはありませんか」

「さあ。心当りはありません」

と、首を振って、「もう失礼していいでしょうか」

「どうぞ。――ああ、そういえば」

と、大谷は言った。「あなたは、香月君と友だちだそうですね」

「弓江――香月弓江のことですか」

「そうです。僕の部下でね。実に有能な女性です」

と、大谷は言った。「今日も一緒に来るはずだったんですがね。何だかひどく頭痛がするといって」

「弓江が……頭痛？　大丈夫なんですか」

と、倶子は心配そうに訊いた。

「働き過ぎですよ。寝不足とかね、色々重なってのことでしょう。大丈夫。めげない子ですから」

倶子の顔に、やっと笑みが浮かんだ。

「大事にして、と伝えて下さい」

「ありがとう。確かに伝えます」

と、大谷は言った。

「あの……弓江、私のことを何か言っていましたか」

「何か？」

「ええ。私が怪しいとか」

「そんなことは言っていませんよ。それに、あなたはどう見ても、馬に見えませんからね」

と、大谷は言って笑った……。

――何かを気にしている。

大谷は、江藤倶子から、そういう印象を受けた。

いや、山仲を殺したとか、そんなことではないにしても、この奇妙な「死」について、何か知っていることがあるのだ。

倶子が、もう閑散としている通りを足早に遠ざかって行くのを、大谷は見送っていた。

「――警部」

と、足音がして、弓江がやって来た。

「何だ、大丈夫なのか」

「はい。すみません」

まだ少し青ざめていたが、弓江は、しっかりと答えた。

「今、君の友だちと話したよ」

「倶子ですか。――とても真面目《まじめ》な子なんです」

と、弓江は言った。「何か分かりましたか」

「いや、どうも、事故として処理するしかないだろう。『馬が追って来る』と口走ったのは、確かに気になるが、それだけで殺人事件とは言えないよ」

「そうですね」

と、弓江は肯いた。

「サキ・巌の指紋について、何か出たかい？」

と、一緒に歩き出しながら、大谷は訊いた。

「いいえ、特に前科とかはないようです。今、身許については当っていますけど」

「どうも気になる奴《やつ》だな」

と、大谷は車に乗り込みながら、言った。

弓江は助手席に乗って、

「どこへ行きます？」

と、訊いた。

「うむ――少し考えてみよう」

と、大谷は、ハンドルに手をかけたまま、言った。「死んだ人間は少なくない。

――あの田崎建介とかいうアイドル歌手も含めてね」

「〈幸せの館〉の事務局長の吉川もですね」

「そして、あの学校教師の宍戸。宍戸に殺された妻と子。——女学生の佃旬子。そして、山仲……」

次は？　次は誰だろう、と弓江は思った。

「しかし、この中で、確実に殺人と言えるのは、佃旬子だけだ。まあ、宍戸の妻子の場合は犯人が分かっているわけだから、除いてね」

「そうですね。田崎建介は心臓発作、吉川は自殺。山仲は事故死」

「どれも、あの〈幸せの館〉を軸にして、つながっている。しかし、犯罪を構成しているか、となると、難しいね」

大谷はため息をついた。

「でも——たとえ佃旬子さん一人でも——」

「もちろんだ。犯人は必ず挙げてやる」

大谷は、弓江の肩を軽く叩《たた》いて、「君も、いざってときのために、ちゃんと病気を治しとけよ」

「もう何ともありません」

と、弓江は微笑《ほほえ》んで見せた。

「うん。確かに、顔色は良くなってる。熱はない?」

大谷が弓江の額に手を当てた。「——ないようだな」

「他のところでも、診て下さいます?」

「そうだね」

大谷は、唇で、弓江の唇の熱を計った……。

車の電話が鳴り出して、二人はあわてて離れた。別に見られたわけでもないのに、赤くなっている。

「——お袋かな。——はい、もしもし。——ママ、何なのさ?」

と、大谷がため息をついた。「——え?——いや、知らないよ。僕がそんな物、どこかへやるわけないじゃないか。そうだろ?」

弓江は、受話器から凄い勢いで飛び出して来る大谷の母の声に、笑いをかみ殺していた。

「え? 今? 一人だよ。——うん、これから香月君を迎えに行って。——そうだね。夕飯は少し遅めでいいよ。——うん。分かってるよ、ママ」

大谷は電話を切って、「やれやれ。これで少しは時間が稼げる」

と言った。

「何か、失《な》くされたんですか？」

と、弓江は訊いた。

「いつもかけてるメガネが見当らない、って言うんだ。大方、かけたまま捜してるのさ」

「まあ、そんなこと……」

と、弓江は笑った。

「さて、これから君を迎えに行くか」

と、車のエンジンをかける。

「どちらまで？」

「どこでも。二人きりになれる所にさ」

と、大谷は車をスタートさせる。

「――警部」

少し考えて、弓江は言った。

「何だい？」

「倉林良子さんに会いに行きませんか」

「あの女の子？　どうしてだい？」

「実際どうだったにせよ、あの子が、呪いを信じて、田崎建介にかけていたのは確かです。サキは否定していますけど、あの子はきっと言われた通りにしているだけのはずです。その辺のことを、訊いてみたいんです」

「なるほど」

大谷は肯いて、「すると、二人だけの甘い時間は……」

「次の機会ってことに」

と、大谷は笑って、「どこだっけ、あの子の住いは？」

「分かったよ」

「待って下さい」

弓江はバッグを開け、手帳を出そうとして、手を止めた。

「――どうした？」

「いえ……。何でもありません」

弓江は手帳を開けて、マンションの場所を告げた。

「じゃ、高速に乗ろう」

――気付かれなかったろうか？　動揺を？

弓江は、手帳を戻しながら、バッグの中をそっと探った。手に触れているのは、間違いなくメガネだった。

いつ、こんなところへ？　私が入れたんだろうか？

――正当防衛だ。

誰かの声が、弓江の頭の中で響いた。

「――もしもし」

と、江藤倶子は言った。「私……江藤倶子です。――今、お葬式に出て来ました。――ええ、山仲の。私、間違っていましたわ。――いいえ。あんなこと、するべきじゃなかったんです。――もちろん、山仲を憎んでいました。でも……。間違いでした。――どうしたらいいんでしょう、私。このままじゃ……。自分の罪を償わなくちゃ。――ええ、分かっています。よく分かっています。でも……」

倶子の声は震えた。

「自分が許せないんです、私！」

倶子は電話を切って、ボックスを飛び出した。

ピーッ、ピーッと、戻ったテレホンカードが、抜き取られないまま、音を立てている。

スッと、そのカードを抜いた人間がいる。
よろけるように歩いて行く倶子の後を、その人間は、尾《つ》けて行った。

16　呼出し

「お母さん」

と、良子は居間を覗いて、面食らった。「どこかへ出かけるの?」

「え?」

文代は、我に返った様子で、「良子、もうお風呂から出たの?」

「さっき、そう言ったじゃない」

と、良子は呆《あき》れ顔で、「聞いてなかったの?」

「そう。——そうだったかしら」

文代は、無理に笑顔を作った。

すっかり外出の仕度をしている母を、良子は不思議そうに眺めていた。

「これから仕事?」

「そうなの。——連絡があることになってるんで、待ってるの」

ただごとじゃない。——良子の目にも、母の様子が普通でないことは、すぐに分かった。

この前、母が誰か男性と泊って帰って来たときも「普通じゃなかった」が、今夜はそれと違っている。何だかひどく落ちつかず、びくびくしているようにさえ見える。

「何かあったの、お母さん？」

「あんたは心配しなくていいの。早く寝なさい」

「まだ九時だよ」

と、良子は笑った。

「そう……九時ね」

文代が時計に目をやる。

電話が鳴った。良子が、

「きっと私だ」

と、取ろうとすると、

「出ちゃだめ！」

文代が叫ぶように言った。——良子が唖然《あぜん》とする。

「ごめんなさい」

文代があわてて言って、「待ってた連絡よ、きっと」

と、自分で受話器をとる。

「――はい。倉林です。――そうです」

文代の顔から、スッと血の気がひく。

文代が居間から出ているように、良子に手で示した。良子は一応居間を出たが、聞くなという方が無理だ。

「――ええ、用意しました。――場所は？――分かります。ええ。――分かりました。これから出ます……」

誰と話しているのだろう？

良子にも、それが仕事の話でないことぐらい分かる。母の深刻そのものの表情を見れば、ただごとでないことも察しがつく。

母は、自分の気持を隠せない人なのである。

母が電話を切る。良子は急いで自分の部屋へと駆けて行った。

――良子は、自分も出かける仕度をした。玄関で、母の出て行く気配がする。

良子は、玄関のドアが閉ると、すぐに自分の部屋を出たのだった。

しかし、母がエレベーターで一階へ下りて行くのを待って廊下へ出た良子は、母に追いつけそうになかった。

思い切って、階段を駆け下りる。途中、危うく転り落ちそうになりながら、何とか無事に一階へ着いた。

表の通りへ目をやると、母がタクシーを停《と》めて、乗り込むところだった。——良子は、息を弾ませながら、諦《あきら》めるしかない、と思った。

表に出て、母の乗ったタクシーが走って行くのを見送りながら、良子は何とも言えず不安だった。——何があったんだろう？

「——良子さん、どうしたの？」

と、後ろから呼びかけられて振り向くと、サキの娘、ミユキが立っている。

「あ、ミユキさん」

「今、タクシーに乗ってったの、お母様？」

「ええ、何だか様子が変なんです」

と、言って——良子は、赤い車へと目をやった。

「やあ」

車の窓から顔を出したのは、パーティのときに会った江田だった。

「どこかへ出かけようかと思って、誘いに来たの」

と、ミユキは言った。「江田さんも、今のところ、ポケットベルが鳴らないからね」

「あの――もし、できたら、母の乗ってったタクシーを、追っかけてくれませんか」

と、良子は言った。

「そんなに心配なの？」

「ええ……」

「いいわ。江田さんの腕にかかってるわよ」

「任せてくれ」

と、江田は言った。「さ、乗って！」

良子は、ミユキに続いて、後ろの座席に乗った。

「行くぞ！」

かけ声をかけて、江田は車をスタートさせた。

「追いつける？」

「大丈夫だろ。この道はしばらく一本だ」

江田がかなりスピードを上げて追うと、やがてタクシーが見えて来た。

「やった！　どうだい？」

と、江田が得意げに言った。

「いいから、ちゃんと前見て運転して」

と、ミユキが言った。

「――すみません、勝手言って」

と、良子が言った。

「なあに、こういうの、嫌いじゃないんだ」

良子は、タクシーがはっきり見えて来ると、少し落ちついたが……。

「この車……江田さんの、ですか」

「うん。どうして？」

「いえ……。すてきだな、と思って」

この車は、よく似ている。

あのパーティの翌朝、母が送られて来た、あの赤い車と、そっくりだ。

でも、もちろんそんなわけはない。

あのとき、江田は仕事でパーティを抜けて帰ったのだ。母と会うわけがない。

「――どこへ行くのかしらね」

と、ミユキが言った。

「なんだか様子がおかしいんです、この何日間か。電話が鳴る度にドキッとしてて」

「そう。――じゃ、後を尾《つ》けて、様子を見ましょう」

ミユキは、良子の肩を叩いて、「大丈夫よ、あなたのお母さん、しっかりしてらっしゃるもの」

「ええ……」

でも、似ている。――この車。

本当に、もし母を送って来たのが、江田だったとしたら……。

そんなことがあるだろうか？

良子は、母のことも気になったが、なぜ、たまたま江田とミユキが来合せたのか。

単なる偶然なのかどうか、自分に向って問いかけ始めていた……。


文代はタクシーを降りた。

ここでいいんだろうか？――本当に？

信じられないような気分だった。普通、脅迫されてお金を払うという場合、人気《ひとけ》のない、静かな場所を選ぶのではないだろうか。

ところが、今、文代が入って来たのは、若者向けのショッピングビルで、中はやたらと明るく、にぎやかで、休日というわけでもないのに、中は高校生、大学生ぐらいの若者たちで一杯だった。

そろそろ九時四十分。――こういう所へ来ている子たちは、何時ごろ家へ帰るのだろう、などと、文代は余計な心配をしてしまった。

そう。こんなことをしてはいられないのだ。

文代は、指定された〈N〉という店を捜して、ビルの一階を歩き回った。――目が回りそうな華やかさ。

音楽も、絶えずガンガンと広いフロアに鳴り渡っている。今の若者たちは、どこにいても、やかましいくらい音楽が鳴っていないと気がすまないのだろうか。

文代は一回りして、息をついた。――確か、一階の〈N〉という店だと言ったのに。仕方ない。目の前の店で働いている子に訊いてみることにした。

「ごめんなさい。この階に、〈N〉ってお店、あります?」

大きな柄のエプロンをつけた女の子は、キョトンとしていたが、

「〈N〉ですか」

と肯いて、「そこですよ」

指さす方へ目をやると……。入った真正面。一階フロアの真中に、円型のスペースがあり、そこが喫茶店になっている。

確かに、金色の文字で〈N〉と、ガラスの囲いに描かれている。

あんまり目の前にあって、分からなかったのである。文代は赤くなって、

「どうもありがとう」

と、礼を言った。

「いいえ。却《かえ》って気が付かないんですよね」

と、気をつかわれたんじゃ、文代の方も立場がない。

ともかく〈N〉へ入って——やはりそろそろ閉店の時間が近いのだろう、中は空いていた——席についた。

ここで待て、という指示である。

文代は、そっとバッグを開け、二百万円の入った封筒を確かめる。

田崎建介……。今思っても、それは胸の悪くなるような経験だった。

文代が、田崎にひかれる理由など全くなかった。それでいて……田崎の誘いに、ついフッと乗ってしまったのだ。疲れていたのだろうか。

しかし、あの江田とは違う。江田は申し分なくやさしかったが、田崎は、文代を一回自分のものにしてしまうと、露骨に見下すようになった。

「遊んでやった」

という気だったのだろう。

文代と田崎の関係は、わずか二回で終った。――田崎が死んだとき、何となく気が抜けたようだったのは、未練があったためではなく、ホッとしただけだったのだ。もし、田崎との出来事が娘の耳にでも入ったら、という不安が、いつもつきまとっていたからである。

それでも――良子が誰かに「呪い」をかけていたことは、文代にショックを与えた。もしかして、田崎建介だったのでは、と思ったからだ。

そこまで良子が田崎を憎んでいたとすると、田崎と良子との間にも、「何か」あったということだ。――そうなれば、ますますあの写真を良子に見られてはならない。

しかし、不思議だった。いつの間に、あんな写真をとられていたのだろう?

文代には見当もつかない……。

「いらっしゃいませ」

ウェイトレスが水のコップを置く。

「あ――コーヒーを」

と、ほとんど無意識に頼んでいる。

「かしこまりました」

——怖いようだった。

いや、今、こうして脅迫者を待っているのも怖かったが、文代は忘れられなかったのである。江田のことが。

もう一度会いたい、と思った。会って、抱かれて眠りたい……。

ウェイトレスがコーヒーのカップを置く。

「それから、これを」

と、封筒が目の前に置かれた。

文代が戸惑って、ウェイトレスを見上げる。——さっきとは違う女の子だった。

「いただくものがあると思いますが」

この女の子が？——文代は、呆気にとられつつ、バッグから二百万円の入った封筒を取り出した。

「どうも」

その封筒をパッとエプロンのポケットへ入れると、ウェイトレスは行ってしまった。

思いもかけなかった「相手」に、文代はやや呆然としていたが……。ふっと我に返ると、置かれた封筒を取り上げて、中を見た。

——同じ写真のプリントと手紙。ネガはない。

あわてて手紙を見ると、

〈ネガの方は、もう少し高く引き取っていただくことになりました〉

ワープロで打ち出した文字が、文代を笑っているようだった。

文代はパッと立ち上って、あのウェイトレスを捜した。しかし、もうどこにも見当らない。

何てことだろう！——まんまとやられてしまった。

相手はもっと金をゆすって来るつもりだ。しかし、文代とて、そんなにゆとりがあるわけではない。この二百万だって、やっとの思いで用意したのである。

これがくり返されるとしたら……。

どうしよう！——文代は両手で顔を覆った……。

誰かが、前の席に座った。顔を上げると、文代はびっくりして、

「あの……刑事さん」

「香月弓江です」

「どうも。あの——どうしてここへ？」

「お嬢さんの後を尾けて」

「良子の？」

「良子さん、あなたの後を尾けて来たようですよ」

と、弓江は言った。「サキ・巌の娘のミユキと、それから赤い車のボーイフレンドらしい男性と」

「赤い車？」

と、文代は言った。

「何があったんですか。様子は見ていました。ゆすり、ですね」

弓江のきっぱりした言い方に、文代は、正直に話すしかない、と思った。

「実は……」

と、田崎との関係から始めて、事情を説明すると、「本当に馬鹿なことを……」

「おかしいですね。今になって、そんな昔の写真をネタにお金をゆするなんて」

と、弓江は言った。「その写真、見せていただけますか」

「はい……」

頰《ほお》を赤らめつつ、バッグから、その写真を取り出す。

弓江は、ポケットからルーペを出して、その写真を細かく見ていたが、

「女性の方はあなたに違いありませんね」

と、言った。「でも、男の方は――」

「田崎じゃないと？」

「田崎建介です。顔はね」

文代は、わけが分からずに、弓江を見つめた。

「——よく見ると分かります。男の方の顔は、後からこの写真にはめ込んだものですね」

「それじゃ……」

「誰かが、田崎の写真から顔だけ切り抜いて、この写真に合成したんです。とても巧妙にやってありますが、調べれば分かります」

文代は体の力が抜けて、息をついた。弓江は首を振って、

「ひどい奴がいるもんですね。でも——少なくとも、あなたが誰かと寝ている写真がなければ、これは作れません。相手の心当りは？」

「そんなこと……」

文代には覚えがない。そう。ずっと男とは縁がなかったのだ。——江田に会うまでは。江田？　江田だろうか？

「心当りでも？」

「ええ……一人しか思い当りません。たぶん……そうだわ」

写真にうつっている自分のヘアスタイル。あれはごく最近のものだ。——それにもっと早く気付くべきだった！

「江田という男です。この間、パーティで会って……」

「江田、ですね」

「ええ。とてもスマートな、やさしい男でした。それで寂しかった私は、つい……」

文代はそこまで言って、ハッとした。「あの——赤い車、とおっしゃいました？良子が乗って来た車。江田も赤い車に乗っています」

弓江は、パッと立ち上った。

「もし、江田があなたをゆすった犯人で、あのミユキもグルだとしたら、良子さんが心配です」

「良子。——どこに行ったんでしょう？」

「あなたはお宅へ戻っていて下さい」

と弓江は言った。「連絡があるかもしれません。後は任せて下さい。いいですね」

返事を待たず、弓江は駆け出して行く。

文代は、しばらく呆然として座っていた。

——あの江田が。

何ていう馬鹿だったんだろう、私は！

「良子……」

文代は急いで飲物の代金を払うと、ビルから走るように出て行った。

17　一撃

「どうします」

と、誰かが言った。「このままにしとくわけには……」

誰の声だろう、と倶子は思った。

いや――自分自身、どうしてしまったのか。

眠っていた？　それにしては、体中が痛い。そして……感覚が戻って来るにつれ、自分が冷たい床に横たわっていることが分かって来る。

体を動かそうとした。ところが――手足が思うように動かないのだ。

「やあ、気が付いたらしい」

はっきりと、声が聞こえた。「どうだい気分は？」

倶子は、自分の手足が縛り上げられているのを知った。同時に、何があったのか、思い出した。

「武田さん……」

と、倶子は床から見上げた。「あなたがこんなことを?」

武田は、ちょっと肩をすくめて、

「君のせいさ。望み通り、山仲部長を葬ったっていうのに、遺族に何もかも告白する、なんて言い出すんだから」

はっきり思い出した。——倶子は、夜、山仲の未亡人へ電話をしたのだ。

そして、ぜひお話ししたいと言って、家を訪ねた。

その玄関先で、チャイムを鳴らそうとしたとき、突然誰かが後ろから倶子の顔に薬をしみ込ませた布を押し当て、眠らせてしまった……。

「武田さん——。どうして、こんなことをするの!」

「そりゃあ、色々まずいからさ、君にしゃべられると、僕としてもね」

武田は、倶子の方へかがみ込んだ。「君はサキさんの指示で、部長のタイピンをとって呪いをかけた。そんな話をしてもらっちゃ、困るわけだ」

「どうしてあなたが——」

と言いかけて、倶子は、「じゃあ、あなたが何かやったのね? あの人が『馬が追ってくる』と言ったのは——」

「僕が部長のお茶に少しずつ、薬を混ぜていたのさ。色々、幻覚や幻聴に悩まされていたはずだ。そこへ、録音テープで馬のひづめの音を聞かせる。――効果てきめんさ」

と、武田は笑った。「まあ、トラックが通りかかったのは偶然だけどね」

「何てことを……」

「君だって、部長を恨んでいたはずだ」

「ええ。でも――間違ってたわ」

「もう遅いね、悔んでも」

と、武田は首を振った。

「そう。手遅れだ」

別の声がした。――倶子は体をひねって、そっちを見た。

サキ・巌が、椅子《いす》にかけていた。

「私は、君の望みを叶《かな》えてあげただけだよ。しかし、当然、それには報酬が伴う」

と、サキは言った。

倶子は身震いした。――一体どうするつもりだろう？

「君は、部長と恋仲だった。恋人の死のショックで、後を追って死ぬ」

と、サキは言った。「それがいやなら、私のものになるか、だね」

倶子の顔から血の気がひいた。――弓江の忠告を思い出す。

ああ、何と馬鹿なことをしたんだろう！

「――死にたくはないだろ？」

と、武田が言った。「じゃあ、この人の言うことを聞くんだね」

「言い聞かせることもない」

と、サキは言った。「ここには色々な薬がある。いわゆる麻薬もね」

倶子は、目を見開いた。

「君を中毒にするのは、たやすいことだ。君は薬ほしさに、私の手先として、何でもするようになる」

「いやよ！　何もするもんですか」

と、倶子は精一杯、力をこめて言った。

「元気がいいね」

と、サキは笑った。「元気がいいと、薬の効きもいい。――誰か来たか」

ドアを叩く音。武田が行ってドアを開けると、ミユキが立っていた。

「どうした？」

と、サキが訊く。

「二百万。ちゃんと揃《そろ》ってるわ」

ミユキが、封筒を机に置いた。「あと三百万は絞り取れる。その先は――自殺か、娘と心中か……」

「それも面白いな」

と、サキは笑った。「――この金を受け取って来た女の子も、君と同様、薬で私の言うことを聞くようになった一人だ。可愛いもんだよ。――ミユキ、江田はどうした?」

「おみやげを運んで来たわ」

ミユキがわきへ退くと、江田が肩に倉林良子をかついで入って来た。

「どうしたんだ」

「見ていたらしいんです。あの車で母親を送ったとこを」

と、江田が言った。

「だから、赤い車は目立つと言ったぞ」

と、サキは少し不快な表情を見せた。

「様子がおかしかったんでね。眠らせて、聞き出しました。――まあ、大して支障もないでしょう」

江田は良子を傍のソファへ降ろした。

「あなたたちは……」

と、倶子が、やっと上体を起こした。「何を企《たくら》んでるの！」

「私は、悩める子たちの相談相手さ」

と、サキがゆっくりと首を振って、「子供たちは正直だ。心を許せる相手には、何でもしゃべってくれる」

「そう。――父親の浮気、母親の若い恋人。どれもこれも、格好のゆすりのネタ」

と、ミユキがタバコに火を点《つ》ける。

「時には、学校の先生にやっと子供ができた、という話から、ピンと来ることもある」

と、サキが愉快そうに、「あれは、いい勘だったろう？」

「そう。パパは天才だわ」

ミユキがサキに身をすり寄せて、手をかけると、「そして催眠術の大家でもあるのよ」

催眠術……。弓江！　倶子はゾッとした。

弓江にこのことを――。早くしないと、とんでもないことになる。

「中には、良心の呵責《かしゃく》に苦しめられる人間もいる。――武田君」

「はあ」

「君にはそんなこともないようだ。うちの事務局長にならんかね」

武田は微笑んで、

「ぜひ、やらせて下さい」

と、言った。

「そう言ってくれると思ったよ」

サキは肯いた。「しかし、分かっていると思うが、万一、裏切ったりしたら、前の吉川と同じことになる。いいね」

「飛び下りて死んだとかいう男ですね」

「そう……。優秀だったが、やはり、この仕事に堪え切れなくなってね。辞めたいと言い出した。私は腕時計を隠して、捜しに行け、と暗示をかけてやった。工事中のビルの中にある、とね。吉川は捜しに行き、落下して死んだ」

「危いところだったわよ」

と、ミユキが言った。「銃をもってたなんて。パパを撃つ気だったんだわ」

「うむ。——しかし、この武田君には、そんな心配もなさそうだ」

「信じて下さい」

武田は頭を下げて、「部長が幻影を見て怯《おび》えているところを目にして、これ以上の楽しい仕事はない、と思いました」

「君には悪党の素質がある」

と、サキは笑った。「——さて、この娘とそこの女、どうするかな」

「倉林良子の方は、人質ってことで、お金をとれるわ」

と、ミユキが言った。「もちろん、生かして帰すわけにはいかないけど」

「そうだな。——江田、お前が目立つ車に乗っていたせいだ。お前が始末をつけろ。母娘で一緒に片付けてもいい」

「そうしましょう。母親の方は、まだこっちを信じているはずです」

と、江田は言った。「もう一回ぐらい、味わってからにしても良かった」

「失礼ですが……」

と、武田が言った。「私のお願いの方は、どうでしょうか」

「ああ、そうだったな」

と、サキは肯いた。「事務局長になった祝だ。好きにするといい」

「それはどうも」

武田は、ニヤリと笑って、俱子の方を向いた。――そのぎらつく目を見て、俱子は何が起ころうとしているかを悟った。

「とんでもないわ！　舌をかんで死んでやる！」

「まあ、ゆっくりやりたまえ」

サキは立ち上って、言った。「我々は向こうにいる。江田、その娘を運んで来い」

「はい」

江田が良子をかついで、サキとミユキの後から、奥の部屋へと入って行く。

――俱子は、手足を縛られたまま、武田と二人で残されたのだった。


「さて、と」

武田は、ゆっくりと俱子の方へ近付いて来る。

俱子は必死の思いで、武田をにらみつけた。武田はちょっと笑って、

「そう人でなし、って顔で見ることはないだろう。何も乱暴なことをしようってんじゃない。――知ってるかい？　あの江田ってのは、殺し屋なんだ。人を殺すことなんか、何とも思ってない。いや、むしろ楽しんでると言った方が正しいかな」

武田は、上衣のポケットから金属のケースを出した。「これを使ってもいいんだよ。できれば、そうしたくはないけどね」

パチッとふたを開けると、武田は注射器を取り出した。針がキラッと光ると、倶子はゾッとした。

「逆らってもむださ。——これを射たれたら、君はもうどうにもできない。だが、おとなしくすると約束したら、これを使わずに君を抱いてやろう」

「そんな……」

「どっちにする?」

倶子は、必死で後ずさった。しかし、壁にぶつかると、もう逃げようがない。

「仕方ないね。じゃあ、これを使うか」

と、武田が近付く。

「やめて! いや!」

転って逃げようとする倶子の腹を、武田はけった。倶子が呻《うめ》き声を上げて体を折る。

「もの分かりの悪い女だ」

と、武田はかがみ込んだ。「じゃ、この薬で、いい気分になるんだね」

「お願い。やめて……」

か細い声が洩《も》れた。「言うことを……聞くから……。お願い……」

「本当かね」

「本当に……あなたの言う通りにするから……お願いよ……」

倶子はすすり泣いた。――武田は、ニヤリと笑うと、

「そうそう。初めからそうやって素直になりゃいいのさ。じゃ、こいつはしまっとこう」

注射器をケースへしまうと、武田は倶子の胸を探り始めた。倶子が唇をかむ。

「床の上じゃ、ちょっと辛《つら》いな」

と、武田は呟くと、倶子の体を支えて立たせ、ソファへ座らせた。

「縄を……解いて」

と、倶子が言った。

「だめだめ。まだ完全に信用しちゃいないよ」

と、武田は言った。「分かってるかい？　前から僕は君のことが気になってたんだ。部長にゃもったいない。――そうだとも」

武田は倶子をソファに横たえると、足首を縛っていた縄だけを解いた。

「手の方は後だ。君を僕のものにしてからだよ」

武田は上衣《うわぎ》を脱いで、そばの椅子にかけると、倶子の上にのしかかった。

「――上衣が」

と、倶子が言った。

「ん？」

「上衣が落ちたわ」

「そうか」

武田が体を起こして、椅子の方へ向く。

倶子は、両足で力一杯、武田の股間《こかん》をけった。武田が低く呻くと、真赤になってうずくまる。

倶子は、両手を縛られたまま、ドアへと走った。後ろ手でノブを探る。

早く！――早く！

「畜生……」

武田が起き上って来る。

ノブを回し、ドアが開いた！　倶子はパッと飛び出したが――。

「外から回れるようになってるのさ」

と、目の前の江田が言った。「残念だね」

江田の手にはナイフがあった。

「やりやがったな！」

と、武田が足をひきずりながら近付いて来る。

倶子は、自分を待っている運命を知った。――これが償いだ。山仲を死なせたことへの。

目を閉じて、倶子は自ら江田のナイフに体をぶつけた。ナイフが倶子の腹にのみ込まれる。

「――おい！」

江田が目をみはった。――倶子の体が床に崩れ落ちる。

「何て奴だ！」

と、江田が叫ぶように言った。

「何ごとだ」

サキがやって来て、横たわる倶子を見下ろすと、「殺したのか？」

「自分から、ぶつかって来たんです」

と、江田は言った。「どうします？」

「血が広がってはまずい！　早く何かでくるむんだ！」

「窓から投げ落とす?」

と、ミユキが平然と言った。「まだ生きてるわよ」

「しかし……」

――突然、フロアが明るくなる。

「動くな!」

大谷が拳銃《けんじゅう》を構えて、姿勢を低くしたまま、鋭く呼びかけた。

「来い!」

サキがミユキを促して、奥へと駆け込む。

江田がナイフを大谷へと投げつけた。大谷が素早く頭を下げ、引金を引いた。江田は太腿を打ち抜かれて、悲鳴を上げて倒れた。

「撃たないでくれ!」

武田が両手を上げる。「何も知らないんだ! 僕は――」

弓江が駆けて来た。

「警部!」

「ここを頼む!」

大谷が駆け出す。

——ここは、あの〈幸せの館〉の入ったビルの中なのだ。相談室の奥が、いくつもの部屋になっているのである。

「倶子！」

弓江は、倒れた倶子の下に血だまりが広がっているのを見て、青ざめた。

江田の手首に手錠をかけると、倶子を抱き起す。

「何てこと！——しっかりして！」

弓江は、倶子の傷口に布を押し当てた。「すぐ救急車が来るからね！」

武田は、そっと逃げ出そうとしていた。

弓江は倶子に気をとられていて、武田には気付かない。武田は足音を忍ばせて、階段の方へと逃げて行った。

「ヤッ！」

と、突然かけ声がして、

「ワーッ！」

と、叫びながら、武田の体は階段を踊り場まで転り落ちて行った。

「——お母様！」

弓江は、悠然と現われた大谷の母を見て、目を丸くした。

「一人、逃げようとしてたから、放り投げといたわ」

と、大谷の母は言って、「まあ、けがしてるの?」

「お願いできますか。大至急、救急車に来てもらわないと」

「いいわよ。私に任せて」

さすがに大谷の母は動じない。「——あっちで呻いてるのは?」

「犯人です」

「じゃ、放っときましょ」

と、大谷の母は言った。「さ、行っていいわ」

「はい!」

弓江は、階段を飛ぶような勢いで駆け下りた。

途中、武田をけっとばしたとしても、それはまあ、大したことじゃなかったのである……。

18　抵抗

ボールペン……。
メガネ……。正当防衛……。
そう。——何だったかしら？
誰かが言ったんだわ。
「正当防衛だ」
って……。
誰だったろう？　それに——いつ？
どうして、そんなことを言ったんだろう。
思い出せない。——思い出せない。
「——香月君」
肩を軽く揺すられて、弓江はハッと目を覚ました。

「警部！」

と、弓江は腰を浮かして、「彼女は？　倶子――」

「大丈夫。もう危険は脱した、とさ」

弓江は大きく息をついて、

「良かった！――倶子！」

と、胸に手を当てた。

朝になっていた。――もう看護婦が忙しく病院の中を動き回っている。

「すみません、眠ってしまって」

「当り前さ。ゆうべは大変だったからな」

大谷は、弓江の肩を叩《たた》いて、「アパートまで送るよ」

「倶子、話はできるんですか」

「いや、まだ意識は戻っていない」

と、大谷は首を振った。「目を覚ましたら、ちゃんと連絡が来ることになってるよ」

「分かりました」

「行こう」

と、大谷が促す。

「——警部、お母様は？」

「先に帰ったよ。服が大分血で汚れたからね」

「そうですか。でも——お母様のおかげで、倶子、出血多量で死なずにすんだんです」

「君だってやれたさ」

「いいえ。お母様はすばらしい方ですわ」

大谷が、少し力をこめて、弓江の肩を抱《ひざ》いた……。

外へ出ると、弓江はまぶしい日射しに目を細くした。早朝で、それほど明るいわけではないが、今の弓江には真夏の日射しのようだ……。

「——しかし、サキとミユキを逃がしたのは残念だ」

車を運転しながら、大谷は言った。「もう少し、手配がすむまで待っていれば……」

「でも、そうしたら、倶子はきっと死んでいました。——二人とも、逃げ切れやしませんよ」

「そうだな」

と、大谷は微笑《ほほえ》んだ。「——あの江田って奴《やつ》の話で、色々分かったよ」

「佃旬子さんのことは？」

大谷は厳しい顔になって、

「自白したよ。江田が首を絞めて殺したんだ」

弓江は目を閉じて、息を吐いた。

――可哀そうに。どうして、助けてやれなかったのだろう。

「田崎建介の場合は、江田がやはり少し前から、心臓の負担になる睡眠薬を、田崎の常用していた薬とすりかえておいたんだ。それをアルコールと服《の》んで、ディスコで踊ってりゃ、自殺も同然だ」

「吉川は、サキの催眠術で死んだんですね」

「吉川が他の女と寝ている写真に、倉林文代の場合と同じように、あの教師の妻の顔をはめ込んで、男の顔はよく見えないようにしたんだ。それを使って脅迫していた。吉川は、そんなやり方に、堪えられなくなっていたんだな」

と、大谷は言った。

「山仲の場合は？」

「山仲のことも、武田の自供ではっきりした。あの武田ってのも、とんでもない奴だ」

と、大谷が顔をしかめる。

「もう一回けっとばしとくんだったわ」

　と、弓江が言った。

「――しかし、たまたま、倉林良子があの赤い車に乗って出かける所へ行き合せて、良かった。あれで尾行しそこなってたら、大変なことになるところだったよ」

　大谷は弓江の方へチラッと笑顔を向けて、「君の提案のおかげだ。課長も喜んでるよ」

「そんな……」

　弓江にとっては、気が重い。もっと早く、あのビル周辺の手配がすんでいれば、サキたちを逃さずにすんでいたし、もっと早く踏み込んで、倶子も重傷を負わずにすんだだろう。

「倉林良子は、もう家に？」

「ああ。失神していただけだからね。病院に母親が迎えに来た。母と娘で、しっかり腕を組んで帰って行ったよ」

「良かったわ……。でも、良子さんは、知っちゃったわけですね、母親と――」

「田崎のこと？　そうだな。しかし、あの二人なら、その傷をお互いにいやし合えるさ」

と、大谷は言った。「——なあ、うちへ来て、何か軽く食べないか？」

「いえ……。少しアパートで眠ります」

と、弓江は言った。

「そうか。——じゃ、ゆっくり休むといい」

「その前に、おやすみのキスをいただけますか？」

もちろん、大谷は頼みを断ったりはしなかったのである。


弓江は、自分の部屋へ入ると、疲れと、倶子が命をとり止めた安心感とで、ひどく瞼《まぶた》が重くなっていた。

本当はシャワーでも浴びて、ちゃんと寝ようと思っていたのである。しかし、とても——そんな元気は残っていなかった。

ベッドへ潜り込むのがやっと。そして、アッという間に、眠りに落ちていた。

——夢を見た。

いや、たぶん夢なのだろう。

大谷の母が、弓江のボールペンを、火の中へ投げ込んでいる。火に焼かれて、ボールペンはふくれ上りながら、溶けて行った……。

胸苦しい。——圧迫感。

「君は幸せになる権利がある」

誰？　誰が話してるの？

「障害はとり除くのだ……」

そう。——障害はとり除く。私はそれで幸せになれる。私には、幸せになる権利があるんだわ……。

急に、胸が軽くなった。目の前がトンネルから抜け出たように明るく広がり、そこに幸せそうなカップルの姿が見える。

あれは誰だろう。——私？　そう、私だわ！　何て幸せそうなんだろう。

愛する人と二人きりで。——二人きり。

二人でなくちゃ。三人では幸せになれない。そうなんだわ。

「幸せは、自分の力で手に入れるものだ」

そう。その通りだわ。何もしないで、幸せにはなれない。

「気にすることはない。正当防衛なんだ。相手は君を殺そうとしている。殺される前に、向うを殺すことだ」

正当防衛。——私には、その権利がある……。

弓江は、ゆっくりと起き上った。

目を覚ました、という気分ではなかった。むしろ、ずっと眠っていなかったことに、今気付いた、という様子で……。

頭を振った。

どうしたんだろう、私？——警部の所へ行かなくちゃ。

そうだわ。おいでと言われてた。行かなくちゃ。

弓江は、身仕度をした。——鏡の前で、きちんと髪も整える。

美人ね、お前は。可愛《かわい》いわよ、とっても。

こんなに可愛いのに、幸せになれないなんて、おかしいわよね。そうでしょう？

弓江は出かけようとして、バッグを開けた。——メガネが入っている。

これで、私は幸せになれる。

弓江は微笑んだ。そして足どりも軽く、アパートを出て行ったのである。

——大谷の家までが、アッという間に感じられた。

爽《さわ》やかに、よく晴れ上った日だった。弓江は、何だかピクニックにでも出かけるような、そんな気分で、少々浮わついていると感じるくらいに、いい気分だった……。

「——何だ」

大谷が玄関に出て来て、「来たのか。さ、上れよ」

「すみません、黙ってやって来て」

「何言ってるんだ。——今、お袋が食べるものを作ってる。君も一緒に食べるだろ？」

「はい。お腹ペコペコです」

と言って、弓江は笑った。

大谷の母が、

「どうしたの？　どなた？」

と、奥から出て来る。「あら、弓江さん」

「お邪魔してすみません」

「本当に邪魔ね。努ちゃんとお昼を食べようと思ってたのに」

「ママ！」

「冗談よ。弓江さん、手伝ってくれる？」

「はい」

弓江は、居間にバッグを置くと、台所へと入って行った。

「サラダを盛りつけてちょうだい。今、スパゲティをゆでてるから」

と、大谷の母はエプロン姿で言った。

「はい。ちょっと手を洗わせて下さい」

「いいわよ」

流しに行って、弓江は石ケンで手を洗った。

いくら洗っても、手についた血は落ちない……。〈マクベス〉だっけ?

どうして、そんなことを思い出したんだろう?

ふと目が水切りの棚へ向く。――鋭く尖《とが》った包丁が、キラッと光った。

それは、何かの明りを反射して光ったというより、それ自体が、光を発したようだった。

私を手にとって。

その包丁は、弓江に呼びかけていた。――軽いめまいがして、弓江は一瞬よろけた。

だめ！　しっかりしなくちゃ。大谷の母に何と言われるか。

弓江さんはだめね。

弓江さんは、やっぱりあてにならないわ。

努ちゃんにはふさわしくない人よ……。

そんな！　そんなことはないわ！

弓江は手を伸ばして、包丁をつかむと、背中へその手を回して隠した。

「――そのボウルから、自分で取り分けるようにしましょう」

と、大谷の母は、スパゲティをゆでながら言った。

「そうですね」

弓江は調理台の前に立った。

大きな鍋《なべ》が、ゴトゴト音をたてている。大谷の母の背中が、目の前にあった。

憎い相手の背中。私の幸せを邪魔しようとしている女の背中。

簡単なことだわ。この包丁を握って、あの背中へ突き立てればいい。それで、あの人は私のものになる。

一生、私は愛する人と二人で、幸せに暮せる。

二人は末永く、幸せに暮しましたとさ……。

弓江は包丁を逆手につかんだ。ゆっくりと大谷の母へと近付く。

めでたし、めでたし……。

ハッピーエンドが待ってるんだわ。

大谷の母は、鍋をかき回していて、熱いのか、フーッと息をついた。

今、その息を止めてあげますからね、お母様。

めでたし、めでたし……。

これが、あなたの心臓を貫けば――アッという間に、終りますわ。大して苦痛もない。そして私は恋人の胸の中へ――。

弓江の体に、緊張が漲《みなぎ》った。

固く、固く、包丁を握りしめる。刃先が震えた。

そして弓江はゆっくりと包丁を高く振りかざした――。


「努ちゃん！」

ただならぬ声だ。

大谷は居間を飛び出した。

「ママ！　どうした――」

台所へ飛び込んだ大谷は、一瞬、棒立ちになった。

弓江がよろけて、調理台につかまる。その脇腹《わきばら》に鋭く切りつけた傷が開いて、血がほとばしった。コトン、と包丁が落ちる。

「どうした！」

と、大谷が駆け寄る。

「弓江さん、自分で刺したのよ、自分のことを！」

と、大谷の母もさすがにあわてている。「血が――」

「私……催眠術にかかって……」

と、弓江が言った。

「何だって？」

「お母様を刺そうと……。でも――抵抗したんです。催眠術を破るには、こうするしか……」

「しっかりしろ！」

「努ちゃん、救急車を！」

「警部――。きっと、サキたちが近くに……。この近くにいます！」

そのとき、外にタタッと駆け出す足音が聞こえた。

「あれだ！」

大谷は、台所を飛び出した。

「――弓江さん、じっとして」

「すみません、私……」

「口をきかないで。大丈夫。大したけがじゃないわ」

大谷の母は、弓江を寝かせると、「じっとしてるのよ。すぐ手当てしてあげますからね」

「お母様……」

「あなたに死なれちゃ、私も喧嘩《けんか》の相手がいなくてつまらないわ」

と、大谷の母が言った。

そのとき、表で、激しく車のタイヤのきしむ音がして、続けてドーン、と腹の底に
こたえるような爆発音が聞こえた。

「警部が……。行って下さい。警部に何かあったら……」

「大丈夫。何かあの子にあれば、分かりますよ」

大谷の母は落ちつき払っていた。

少しして、大谷が戻って来る。

「どうだい？　今、救急車が来るから」

「警部、あの音は？」

「サキたちがね、車で逃げようとして、トレーラーにぶつかった。ガソリンに引火して……。助けられなかったよ」

「じゃあ……」

「何もかも終ったよ」

と、大谷は肯《うなず》いて言った。

「いいえ、終りませんよ」

と、大谷の母が言った。

「ママ――」

「弓江さんの傷が治るまでは終らないわよ、そうでしょ？」

大谷は、ちょっと微笑んで立ち上ると、

「救急車が来るのを、表で待ってるよ！」

と言って、台所から駆け出して行ったのだった……。

エピローグ

「お気持はとても嬉《うれ》しいんですけど。――ええ、ご遠慮させていただきますわ。またの機会に。――ちょっと明日の夜は忙しいんですの。――申しわけありません」

倉林文代は、電話を切って振り向くと、「良子！　びっくりした。立ち聞きしないでよ」

「聞こえちゃっただけ」

と、良子は言い返した。「今の電話、誰から？」

「お仕事でね、知り合った方よ。――夕ご飯、もうできるから、お皿、並べてくれる？」

「うん……。ね、お母さん、明日、何か予定あるの？」

と、良子は食器戸棚から皿を出しながら言った。

「別にないわよ。どうして？」

「だって今、明日の夜は忙しいって……」

「ああ。断る口実。――デートなんていやです、とは言いにくいでしょ」

「相手の人、奥さん持ち？」

「ううん。大分前に奥さんを亡くされて、独りなの」

「じゃ、ギラギラした、いやな奴《やつ》なの？」

「そんなことないわ。とても紳士で、いい方よ」

「ふーん」

と、良子は肯いた。

「何よ」

「別に」

と、良子は首を振った。

「もう、こりたの。良子だって、そう思うでしょ？」

と、電子レンジのボタンを押す。

「お母さん、何も入れてないよ」

「いけない！」

文代が赤くなって、あわててスイッチを切った。「忘れちゃったじゃない。良子が変なこと言うから」

「私のせいにしないで」

と、良子は口を尖らして見せる。「私のために、いい男を逃したなんて、後で恨まれるのはいやよ」

「良子――」

「いいじゃない。お食事ぐらい、付合えば。お母さんが、若くてきれいにしててくれた方が、私は嬉しいわ。いつまでも私にくっついていられるよりは」

「何て言い方よ。あなたの世話にはならないわよ」

文代はそう言って、舌を出した。良子が吹き出す。

「――お母さん、電話しなよ」

「え?」

「今の人。――まだ会社にいるんじゃないの?」

文代は、ちょっと戸惑っていたが、

「でも……もう他の予定を入れちゃったかも……」

「他の女性と約束してるかもよ。早くしないと!」

文代は良子を見ていたが、やがて、パッと電話へ駆け寄った。

「——もしもし。——あ、倉林です。先ほどは。あの……明日の夜なんですけど……。娘が、学校の用で遅くなる、とか言い出したので。——はあ。もし、よろしければ、私の方は」

良子は、肩をすくめて、

「また私のこと口実にして。——世話がやけるのよね、全く」

と呟《つぶや》くと、クスッと笑ったのだった……。

私がこんな風に寝てるなんて……。

弓江は、病院のベッドに横になって、ぼんやりと天井を見つめていた。

傷はまだ痛んだが、それはどうということもない。じっと辛抱していれば、やがて治って行くものなのだから。

ただ——弓江の心には重いしこりが残った。

結果的には、何とか抵抗して防いだというものの、あのサキという男は、弓江の心の中の「影」の部分に、巧みにつけ入ったのだ。

たとえ潜在的にであっても、自分の中に、大谷の母を「殺したい」という気持があったこと。それは弓江にとって、ショックだった。

このまま、大谷の部下として、勤めていていいのだろうか？　退院したら、転属を願い出るべきかもしれない。

もちろん、大谷には会えなくなるわけだが……。

病室のドアが開いて、大谷が顔を出した。

「——警部」

「やあ。起きてたのか」

と、大谷は入って来て言った。

「もう面会時間外ですよ」

と、弓江は、眠っている同室の患者に目をやりながら、言った。

「なに、仕事の打合せだ」

と、大谷はベッドのわきの椅子《いす》に腰をかけると、身をかがめて弓江にキスをした。

「——いいんですか、さぼってて」

「仕事の内さ」

「これが？」

「君が早く元気になってくれないと、犯人逮捕に支障を来す。だから君を元気づけるのも仕事の内」

「無理な理屈ですね」

と、弓江はちょっと笑った。「いたた……」

「大丈夫かい？　笑うなよ」

「無茶言わないで下さい」

と、弓江は言った。「サキのこと、何か分かりましたか」

「うん。本名は咲坂巌といって、催眠術師として、一部では知られていたらしい。といっても、もう二十年も前のことでね。突然消息がなくなっていたそうなんだ。――詳しいことは分からないが、催眠治療の実験をしていて、女子学生にいたずらしたとかで、追放された、というところらしい」

「まあ」

「あの〈幸せの館〉を開く資金稼ぎに、麻薬に手を出し、それから泥沼に入って行ったってところだろうな」

「そうですか」

弓江には気になっていることがあった。「警部。――死んだのがサキとミユキだというのは、確認されているんですか？」

大谷は、ちょっと考えていたが、

「サキの方は間違いない。例の車の焼死体から指紋が採れて、それが、僕の持っていたのと一致しているからね。ただ、ミユキの方は……。まあ、間違いないと思うがね」

「でも、倉林文代さんからお金を受け取った女の子がいるでしょう。見付かりました？」

「いや、捜しているけど、はっきり顔が分からないだろ。倉林文代もよく憶えていないし」

「そうですね……」

もし、サキと車に乗っていたのが、その女の子の方だったら？　心配のしすぎだろうか。

弓江は、病室のドアが開いて、看護婦が入って来るのを、チラッと見やった。その看護婦は、少し顔をうつ向き加減にして、スリッパをパタパタといわせながら——。

スリッパを？

「警部！　危い！」

弓江ははね起きて、大谷へと飛びついた。

看護婦が帽子をかなぐり捨てる。——ミユキだった。

拳銃を握って、引金を引く。大谷が座っていた椅子が引っくり返った。

大谷は、弓江と一緒に床へ転った。

大谷の手にはもう拳銃があった。鋭い銃声。ミユキが左の肩を押え、拳銃を落として、よろけた。

「畜生！」

凄まじい形相で、ミユキは叫ぶと、「呪《のろ》ってやる！」

と、一声。

ミユキは正面の窓へ向って突進した。

次の瞬間、窓ガラスが砕け散って、ミユキの姿は、窓の向うへ消えていた。

ここは五階だ。——大谷は、急いで窓へと駆け寄った。

弓江は、傷の痛みも忘れて、大谷へ駆け寄る。

「——下で倒れてる」

と、大谷は言った。「とても助からないよ」

「警部……」

大谷は、肩で息をつくと、

「君に助けてもらったな」

「そんなこと、いいんです」

弓江はしっかりと大谷に抱きついた。——もう、離れたくない。決して。決して。

「何してるの？」

と声がして、振り向くと、大谷の母が呆れたように立っている。

「ママ。今ね——」

「寝てなきゃいけないのに！　おまけに窓に穴まであけて。風邪ひくでしょ。入院を長引かせて、努ちゃんの気をひこうなんて、いけませんよ」

「はい、お母様」

と言って、弓江はよろけた。

また出血してしまったのだ。大谷が、あわてて病室を飛び出して行く。

「さあ、つかまって」

「お母様……。すみません」

やっとベッドへ辿《たど》りつくと、弓江はゆっくりと横になった。わき腹に血がしみ出している。

「弓江さん」

と、大谷の母が言った。「痛いときはね、これを我慢したら、王子様が白い馬に乗ってやって来る、と考えるのよ」

「王子様ですか……」

「そう。ただし、王妃がそばにくっついてるけどね」

弓江は笑った。――痛かったけど、笑った。

そして、しっかりと大谷の母の手を握りしめる。

――大谷に引張られて、医師と看護婦が病室へ駆け込んで来た。

本書は1995年2月徳間文庫として刊行されたものの新装版です。なお、本作品はフィクションであり実在の個人・団体などとは一切関係がありません。

徳間文庫

マザコン刑事《けいじ》と呪《のろ》いの館《やかた》

〈新装版〉

2015年1月15日 初刷

著者 赤《あか》川《がわ》次《じ》郎《ろう》

発行者 平野健一

発行所 東京都港区芝大門二―二―二 〒105―8055
株式会社 徳間書店

電話 編集〇三(五四〇三)四三四九
販売〇四八(四五一)五九六〇

振替 〇〇一四〇―〇―四四三九二

印刷 凸版印刷株式会社

製本 株式会社宮本製本所

ISBN978-4-19-893926-7 (乱丁、落丁本はお取りかえいたします)

徳間文庫の好評既刊

赤川次郎

マザコン刑事の事件簿

警視庁捜査一課の大《おお》谷《たに》努《つとむ》警部は三十代半ばのハンサムで切れ者。モテモテなのに独身なのは、実は大変なマザコンだから。そんないわくつきの独身警部のもとに配属された香《か》月《づき》弓《ゆみ》江《え》は、新米ながらベテランはだしの腕利き刑事だ。イケメン警部と美人刑事の名コンビが、殺人現場にまで三段弁当を持ってくるママに振り回される。軽妙洒《しゃ》脱《だつ》なユーモア・ミステリー。人気シリーズ第一作！

徳間文庫の好評既刊

赤川次郎

マザコン刑事の逮捕状

警視庁捜査一課の大《おお》谷《たに》努《つとむ》は二枚目の敏腕警部だが、強度のマザコンが玉に瑕《きず》。ある秋晴れの日、部下で恋人の香《か》月《づき》弓《ゆみ》江《え》と都内のホテルへと出向いた。待っていた大谷のママが開口一番、「努ちゃん、今日あなた、お見合いするのよ！」寝耳に水の展開に弓江も大谷も仰《ぎょう》天《てん》。相手は杉《すぎ》山《やま》涼《りょう》子《こ》という今どき珍しい健《けな》気《げ》な女の子だったが、彼女が二人組の男に襲われた！　人気のユーモアミステリー第三弾。

徳間文庫の好評既刊

赤川次郎

夫は泥棒、妻は刑事15

心まで盗んで

「何しに来たんだ、俺は？」伝説の大金持と言われている坂西家へ泥棒に入った淳一だったが、その夜はツイてなかった。一家四人が心中していたのだ。姿を見られつつも淳一は、まだかすかに息をしている学生服姿の少女を助けた。坂西家が気になり、搬送先の病院へ行った淳一は少女と再会してしまう。「私、あいつをこらしめてやる！」思いがけない言葉に秘められた大金持一家の秘密とは？